Le serment d'une amoureuse

KATE HEWITT

Le serment d'une amoureuse

Azur

HARLEQUIN

Collection : Azur

Cet ouvrage a été publié en langue anglaise
sous le titre :
THE PRINCE SHE NEVER KNEW

Traduction française de
ELISABETH MARZIN

HARLEQUIN®
est une marque déposée par le Groupe Harlequin

Azur® est une marque déposée par Harlequin

HARLEQUIN
83-85, boulevard Vincent-Auriol, 75646 PARIS CEDEX 13
Service Lectrices — Tél. : 01 45 82 47 47

www.harlequin.fr

ISBN 978-2-2803-2742-8 — ISSN 0993-4448

1.

Alyse, seule dans cette grande pièce du palais d'Averne, capitale du royaume de Maldinia, niché dans les contreforts des Alpes, se regarda dans le miroir. Teint pâle, traits tirés : elle avait une mine épouvantable.

Et aujourd'hui, elle se mariait…

Toutes les mariées étaient-elles vraiment rayonnantes ? Pour sa part, elle ressemblait plutôt à une condamnée à mort sur le point d'être exécutée. Sauf qu'elle n'aurait pas droit à une fin rapide. Ce qui l'attendait c'était la réclusion à perpétuité. Un mariage sans amour avec un homme qu'elle connaissait à peine, malgré six ans de fiançailles.

Et pourtant, tout au fond de son cœur, elle ne pouvait s'empêcher de caresser un fragile espoir : « Peut-être apprendra-t-il à m'aimer. »

Le prince Leo Diomedi de Maldinia ne semblait pas susceptible d'apprendre quoi que ce soit de ce genre, mais Alyse espérait quand même. Elle n'avait de toute façon pas le choix…

— Mademoiselle Barras ? Etes-vous prête ?

Elle se retourna. Marina, l'une des assistantes de l'organisatrice du mariage, se tenait sur le seuil.

— Oui, répondit-elle en s'efforçant de sourire.

Si seulement elle ne se sentait pas aussi vulnérable ! Elle avait le sentiment qu'il suffirait d'un rien pour qu'elle se brise en mille morceaux.

Marina s'approcha d'elle et l'examina de la tête aux

pieds. Depuis trois jours qu'elle se trouvait à Maldinia, ou plutôt depuis six ans qu'elle était fiancée au prince, Alyse avait pris l'habitude de ces regards de propriétaire posés sur elle. Elle était un bien à mettre en valeur et à exposer. Un objet. De valeur, certes, mais un objet quand même.

Elle avait appris à vivre avec, mais en ce jour qui faisait rêver la plupart des petites filles aujourd'hui, celui de son mariage, ce statut était plus difficile que jamais à supporter.

Marina arrangea longuement le voile en tulle bordé de dentelle vieille de trois siècles qui flottait sur ses épaules.

— Et maintenant, la robe, dit la jeune femme quand elle fut enfin satisfaite du résultat.

D'un mouvement de la main, celle-ci l'invita à pivoter lentement sur elle-même. Marina examina la traîne de satin blanc qui ondulait sur plusieurs mètres, puis le corsage de dentelle qui moulait la poitrine et les hanches d'Alyse.

La robe, dont la confection avait été jalonnée de huit essayages ultraconfidentiels, au cours des six derniers mois, avait fait l'objet de centaines d'articles et de débats dans les médias. Des magazines *people* aux quotidiens les plus sérieux, en passant par les télévisions, les radios et les sites internet consacrés aux célébrités, tous s'étaient perdus en conjectures. Quel genre de robe la « Cendrillon du XXIe siècle » — expression peu recherchée mais unanimement adoptée — allait-elle porter pour épouser son prince charmant ?

Alyse jeta un coup d'œil dans la psyché. Eh bien, cette robe-ci. A propos de laquelle elle n'avait pas eu son mot à dire. Une robe magnifique, elle pouvait difficilement se plaindre. Elle aurait peut-être même choisi exactement la même… si on lui avait laissé le choix !

Le talkie-walkie de Marina grésilla et celle-ci répondit aussitôt, en parlant beaucoup trop rapidement pour qu'Alyse comprenne. Pourtant elle apprenait l'italien depuis qu'elle était fiancée avec Leo : la future reine se devait de parler la langue officielle de Maldinia. Hélas, tout le monde s'exprimait si vite qu'elle comprenait rarement ce que les gens disaient.

— Ils sont prêts, annonça Marina.

Celle-ci rectifia encore quelques plis du voile, puis elle prit du blush et un pinceau sur la coiffeuse.

— Vous êtes un peu pâle, expliqua-t-elle en lui retouchant les pommettes.

— Merci.

Alyse réprima un soupir. L'esthéticienne avait pourtant passé une heure à la maquiller ! Si seulement sa mère était là… Sa présence la réconforterait un peu. Mais le protocole exigeait — depuis toujours, selon la reine Sophia — que la mariée se prépare seule. Etait-ce vrai ? Sa future belle-mère insistait toujours pour que les choses soient faites « dans le respect de la tradition », alors qu'en réalité elle voulait juste qu'elles soient faites à son idée ; et son idée, visiblement, excluait la participation de Natalie Barras, pourtant sa meilleure amie depuis que les deux femmes s'étaient connues en pension en Suisse, aux derniers préparatifs du mariage de sa propre fille.

Alyse eut un pincement au cœur. Elle était la mariée et elle avait le sentiment de gêner. Ressentirait-elle la même chose en tant qu'épouse ?

Non ! Elle ferma les yeux, tandis que Marina appliquait une dernière touche de poudre sur son visage. Il fallait à tout prix éviter ce genre de pensées. Pas question de céder au désespoir. Surtout pas aujourd'hui. Elle l'avait déjà fait une fois et elle l'avait regretté amèrement. Aujourd'hui elle voulait espérer, croire. Cette journée était un début. Pas une fin.

« Mais si Leo n'a pas appris à m'aimer au cours des six dernières années, pourquoi cela changerait-il aujourd'hui ? »

*
* *

Deux mois plus tôt, alors que la pression médiatique était à son comble, Natalie l'avait emmenée en week-end à Monaco. Installée dans un transat au soleil, en train de siroter une boisson fraîche, Alyse commençait tout juste à se détendre quand sa mère lui avait lancé :

— Tu sais, si tu n'en as pas envie tu n'es pas obligée.

Elle s'était raidie.

— Obligée de quoi ?

— D'épouser Leo. Je sais bien que cette histoire a pris des proportions démesurées, mais c'est à toi seule de décider. Je veux être sûre que tu sais ce que tu fais…

Sa mère avait laissé sa phrase en suspens, le regard inquiet. Se doutait-elle de quelque chose ? s'était demandé Alyse, l'estomac noué. Avait-elle deviné que sa relation avec Leo n'était qu'un leurre ? Peu de gens le savaient. Le monde entier les croyait follement amoureux, et ce depuis que Leo l'avait embrassée sur la joue six ans auparavant. Ce baiser, immortalisé par un paparazzi, avait fait la une de la presse nationale et internationale. Il n'en avait pas fallu davantage pour enflammer l'imagination du public.

Presque aussitôt, les parents de Leo avaient décidé de surfer sur la vague médiatique et d'exploiter cette prétendue idylle. L'idée venait sans doute de la reine Sophia, mais c'était le roi Alessandro qui avait proposé à Alyse, qui venait d'avoir dix-huit ans, de se fiancer avec leur fils. En dehors de Leo et elle, ils étaient les seuls à savoir que ces fiançailles n'étaient que de la poudre aux yeux ; même si Alexa, la sœur de Leo — aussi fougueuse que ce dernier était flegmatique —, avait sans doute des soupçons.

Ce que toute la famille royale ignorait, y compris et surtout Leo, c'était qu'Alyse était éperdument amoureuse de son futur mari…

— Je suis heureuse, maman, avait-elle affirmé en

pressant la main de sa mère. Je reconnais que je me passerais bien de cet emballement médiatique, mais… j'aime Leo.

— Je veux que tu vives la même chose que ton père et moi.

Alyse avait eu un pâle sourire. L'histoire de ses parents avait tout d'un conte de fées, celui de l'héritière américaine qui conquiert le cœur du financier français. Elle avait souvent entendu le récit de leur rencontre. Lors d'une réception, son père avait aperçu sa mère à l'autre bout de la salle et il avait fendu la foule pour lui demander :

— Que comptez-vous faire du reste de votre vie ?

Elle avait souri et répondu sans hésitation :

— Le passer avec vous.

Coup de foudre. Et grand amour.

Il était compréhensible que sa mère ait souhaité la même chose pour elle. Jamais Alyse ne lui avouerait à quel point elle en était loin… D'autant plus qu'elle ne pouvait s'empêcher d'espérer qu'un jour, Leo finirait par l'aimer.

— Je suis heureuse, avait-elle répété.

Sa mère avait paru soulagée, mais peut-être pas entièrement convaincue.

Le talkie-walkie de Marina grésilla de nouveau, tirant Alyse de ses pensées.

— Ils attendent, annonça la jeune femme.

Alyse fronça les sourcils. Y avait-il réellement une pointe de réprobation dans la voix de Marina ou bien était-ce un effet de son imagination ? Depuis son arrivée à Maldinia, elle avait le sentiment qu'on lui parlait d'un ton accusateur. Surtout la reine Sophia. « Vous ne correspondez pas au genre d'épouse que nous aurions choisie pour notre fils, l'héritier de la couronne, mais on fera avec », semblait-elle sous-entendre chaque fois qu'elle lui adressait la parole.

Les médias n'avaient jamais relâché la pression depuis ce cliché qui avait fait le tour du monde, six ans plus tôt — depuis que Leo lui avait fait la bise en arrivant à sa soirée d'anniversaire et qu'elle avait instinctivement refermé la main sur sa nuque…

Si elle pouvait remonter le temps, ferait-elle un autre choix ? Refuserait-elle de se prêter à la comédie qu'on lui avait demandé de jouer ?

Non. Sûrement pas. Elle avait toujours été amoureuse de Leo. C'était ce qui l'avait poussée à accepter de se fiancer avec lui. Malheureusement, les années avaient passé sans qu'il sorte jamais de sa réserve et elle avait dû se rendre à l'évidence : les chances qu'il partage un jour ses sentiments étaient infimes. Elle avait envisagé de rompre leurs fiançailles, sans jamais franchir le pas. Elle n'avait pas eu le courage de prendre une décision qui aurait provoqué un séisme. Et surtout, elle n'avait pas pu s'empêcher de continuer à espérer, envers et contre tout. Léo et elle s'entendaient bien, étaient amis, en quelque sorte : n'était-ce pas une base solide pour un mariage ?

L'espoir. Toujours l'espoir…

— Par ici, mademoiselle Barras.

Dans un froufrou de satin, Alyse suivit Marina le long d'un couloir éclairé par des lustres de cristal, puis à travers le hall de marbre, en direction de l'entrée principale du palais. Là, une douzaine de valets de pied en livrée attendaient au garde-à-vous. C'était seule qu'elle devait se rendre à la cathédrale, de l'autre côté de la rue, puis remonter l'allée centrale jusqu'à l'autel. Une autre tradition maldinienne.

— Attendez !

Marina leva la main et Alyse s'immobilisa devant les lourdes portes qui ouvraient sur la cour principale, où plus d'une centaine de journalistes et de photographes se tenaient prêts à immortaliser cet instant mémorable. Il y avait eu tant d'instants « mémorables » au cours des six dernières années qu'elle avait l'impression que toute sa vie d'adulte s'était étalée dans les pages des magazines people.

Marina tourna lentement autour d'elle. Comme un fauve autour de sa proie… Cette image était ridicule, se morigéna aussitôt Alyse. Mais elle avait les nerfs à fleur de peau. Depuis trois jours qu'elle était arrivée à Maldinia, elle n'avait pas vu une seule fois Leo en dehors des cérémonies officielles. En six ans, elle n'avait jamais eu l'occasion d'avoir une vraie conversation avec lui.

Et elle l'épousait dans quelques minutes…

Paula, la directrice de communication de la famille royale, arriva dans un clic-clac de talons aiguilles.

— Alyse, vous êtes prête ? demanda-t-elle en anglais avec un fort accent italien.

Elle hocha la tête.

— Parfait. Il ne vous reste plus qu'à vous souvenir de sourire. Vous êtes Cendrillon et vous allez épouser le prince charmant, d'accord ?

Comme Marina quelques instants plus tôt, Paula arrangea son voile. Alyse réprima un soupir. Ça commençait à devenir vraiment lassant ! De toute façon, dès qu'elle sortirait ce voile volerait au premier souffle d'air. En revanche, vu la couche de laque qu'on lui avait vaporisée sur les cheveux, pas une seule mèche ne risquait de bouger d'un millimètre…

— Tout le monde vous envie, poursuivit Paula. Toutes les femmes rêvent d'être à votre place. Et tous les hommes voudraient être à celle du prince. Cette journée est autant la leur que la vôtre. Faites participer tout le monde, d'accord ?

— D'accord.

Depuis le temps, elle commençait à avoir l'habitude. Et à vrai dire, la ferveur du public ne l'importunait pas. Comment en vouloir à tous ces gens que son soi-disant conte de fées faisait rêver ? Ils n'attendaient rien d'autre d'elle qu'un sourire, un mot gentil. Et elle les leur accordait toujours avec plaisir. Ce qui la perturbait, c'était le harcèlement des paparazzis, l'indiscrétion de ces journalistes prêts à tout pour découvrir des failles dans son histoire avec Léo.

— Plus que trente secondes, annonça Marina.

Paula rectifia une dernière fois un pli du voile de mariée.

— Vingt secondes…

Elle devait apparaître sur le perron à l'instant précis où retentirait le premier coup de 11 heures à l'horloge de la tour du palais, puis se diriger lentement vers la cathédrale, située juste en face du palais, pour arriver devant la lourde porte de bois au moment où sonnerait le dernier coup. Tout avait été soigneusement chorégraphié, minuté et répété plusieurs fois.

— Dix…

Alyse prit une profonde inspiration — du moins aussi profonde que le lui permettait le corsage ajusté de sa robe. Elle avait le vertige et des taches dansaient devant ses yeux. Le manque d'air ou la nervosité ?

— Cinq…

Deux valets ouvrirent les portes et elle cligna les yeux, éblouie par le soleil. Les deux tours de la cathédrale gothique se découpaient sur le ciel bleu vif. Un murmure parcourut la foule assemblée de chaque côté du tapis blanc qui avait été déroulé entre le palais et la cathédrale.

— Allez-y, murmura Paula en lui donnant une petite poussée dans le dos.

Alyse fit un pas en avant et un de ses talons accrocha sa robe. Elle vacilla à peine, mais les paparazzis s'empressèrent de la mitrailler. Allons bon… Elle imaginait déjà les gros titres : « Premier faux pas sur le chemin du bonheur ? »

Relevant le menton, elle salua la foule d'un geste de la main avec un grand sourire. La clameur fervente qui lui répondit lui fit chaud au cœur. Le peuple de Maldinia l'adorait. C'était pour cette raison que les souverains s'étaient résignés à ce que le prince héritier épouse une roturière. Tout le monde l'aimait.

Tout le monde sauf Leo…

Son cœur se serra, mais elle ignora résolument son chagrin et commença à avancer sans cesser de sourire. Plusieurs personnes lui demandèrent de se tourner pour faire des photos. Non seulement elle posa de bonne grâce, mais elle quitta le tapis pour serrer des mains et prendre les fleurs qu'on lui tendait.

Elle s'écartait du script qui lui avait été fourni, selon lequel elle devait marquer la solennité de l'instant en restant digne et en gardant ses distances. Mais c'était plus fort qu'elle. Elle ne pouvait pas s'empêcher de répondre aux marques d'affection des gens. C'étaient eux qui lui donnaient le courage de poursuivre cette comédie. Qui n'en était une que pour Leo.

« Mais peut-être qu'un jour… »

— Bonne chance, Alyse ! lui lança une adolescente au regard ébloui en lui pressant les mains. Vous êtes si belle ! Vous êtes une princesse magnifique !

— Merci. Vous êtes très belle aussi !

L'horloge avait cessé de sonner, constata-t-elle soudain. Elle était en retard. La reine Sophia devait être furieuse, mais après tout c'était à des moments comme celui-ci qu'elle se devait d'être là. Elle ne suivait jamais le scénario dicté par la famille royale. Elle improvisait sans même le vouloir, et le public l'en aimait d'autant plus. Serait-elle aussi inspirée, une fois mariée ? Que dirait-elle à Leo quand elle serait enfin sa femme ? « Je t'aime » ?

Ces mots, elle craignait qu'il n'ait jamais envie de les entendre.

L'entrée de la cathédrale n'était plus qu'à quelques pas. Elle se tourna une dernière fois vers la foule et une nouvelle clameur s'éleva, qui résonna dans les rues d'Averne. Elle agita la main puis souffla un baiser, ce qui déclencha de nouveaux cris d'allégresse mêlés d'applaudissements. Le baiser était peut-être de trop, mais elle se sentait étrangement intrépide. Peut-être parce que désormais, il n'était plus possible de faire machine arrière.

Leo tournait le dos à l'entrée de la cathédrale, mais il sut à quel instant précis Alyse en franchit le seuil. Le silence se fit dans la nef, où les murmures s'éteignirent, comme à l'extérieur, où les acclamations s'interrompirent. Il redressa les épaules, mais resta dos à l'entrée : un prince maldinien ne se tournait pas vers la mariée avant que celle-ci arrive à son côté devant l'autel. Il n'était pas question de déroger à la tradition.

L'orgue avait attaqué une marche baroque. Alyse était donc en train de remonter l'allée centrale. Comment était sa robe ? se demanda-t-il avec une pointe de curiosité. Et elle, comment était-elle dans cette robe ? Elégante, pleine d'assurance et aussi parfaite qu'à l'accoutumée, sans doute. L'épouse parfaite. L'histoire d'amour parfaite. Et bien sûr, le mariage parfait.

Tout cela n'étant que pure comédie.

Il perçut enfin un froufrou de satin à côté de lui et se tourna vers Alyse. Frappé par sa pâleur, il remarqua à peine la robe. Elle semblait anxieuse. Depuis six ans, elle affrontait pourtant le harcèlement des médias et l'enthousiasme du public avec une sérénité remarquable. Pourquoi cette nervosité subite ? C'était surprenant. Et plutôt inquiétant…

Ce mariage, elle l'avait accepté. Il était un peu tard pour changer d'avis.

Conscient des regards de l'assemblée — et des caméras qui retransmettaient la cérémonie en direct dans le monde entier pour des millions de téléspectateurs —, il sourit et prit la main de sa promise. Celle-ci était glacée et minuscule dans la sienne. Il la pressa doucement, en apparence un geste affectueux, en réalité un avertissement car ni l'un ni l'autre n'avaient droit à la moindre erreur. Trop de choses dépendaient de ce mariage. Elle le savait aussi bien que lui. Et comme lui, elle s'était engagée à jouer le jeu.

Alyse releva le menton et lui rendit son sourire en lui pressant la main à son tour. Il éprouva un vif soulagement mêlé d'admiration : fausse alerte ! Comme toujours, elle faisait preuve d'une détermination et d'un sang-froid remarquables. Elle se tourna vers l'archevêque et il aperçut une perle briller à son oreille. Il reporta à son tour son attention sur l'homme d'église.

Un quart d'heure plus tard, la cérémonie était terminée. Ils avaient échangé leurs consentements et Leo avait déposé un baiser sur les lèvres de sa femme. Il l'avait embrassée des dizaines, peut-être des centaines de fois au cours de leurs fiançailles, toujours en public. Toujours devant les objectifs. Ces baisers exprimaient de la ferveur et du désir, alors qu'ils n'en ressentaient ni l'un ni l'autre. Il ne ressentait rien et il ne voulait rien ressentir. Leur mariage était un arrangement et cette situation lui convenait parfaitement. Il n'y avait aucune raison de la compliquer.

Malgré tout, ils allaient bientôt consommer le mariage et il pourrait s'autoriser à éprouver du désir pour Alyse. Même si toute sa vie, il avait lutté contre ce genre de pulsions. Il avait refusé d'en devenir l'esclave et de les laisser gâcher sa vie. Pas question de suivre l'exemple de ses parents, dont la vie dissolue avait fini par mettre en péril la monarchie. Il avait trop de dignité pour cela.

Néanmoins, il avait bien l'intention de savourer les plaisirs du devoir conjugal. Mais sans y faire intervenir le moindre sentiment, bien sûr. Seule sa libido serait impliquée.

Les doigts d'Alyse étaient crispés sur ses épaules et elle le regardait d'un air anxieux, constata-t-il soudain avec contrariété. De toute évidence, elle était toujours nerveuse. Avec un sourire destiné aux caméras, il referma les mains sur les siennes, toujours glacées.

— Ça va ? chuchota-t-il en l'obligeant avec douceur mais fermeté, à le lâcher.

Elle hocha la tête avec un pâle sourire et se tourna vers l'assemblée. Le moment était venu de redescendre l'allée centrale vers la sortie. C'était maintenant que tout commençait vraiment. Jusqu'à la fin de leur vie, ils devraient continuer à jouer cette comédie, déclenchée par une photo volée six ans plus tôt.

Qui aurait pu se douter qu'un paparazzi immortaliserait ce baiser anodin ? Une simple bise à laquelle Alyse avait répondu en refermant la main sur sa nuque. Contre toute attente ce cliché avait fait la couverture de tous les grands magazines de la presse occidentale. Elle avait même été classée sur un site internet à la troisième place des photos ayant eu le plus d'impact depuis un siècle. Apparemment, il y avait dans le regard d'Alyse une lueur qui avait enflammé toute une génération, lui redonnant foi en l'amour et espoir en l'avenir. Certains économistes estimaient même que cette photo avait contribué à la relance de l'économie européenne. Quelle absurdité !

Le service communication du palais avait décidé de tirer parti de cet engouement pour redorer le blason de la monarchie maldinienne. D'où ces fiançailles, puis ce mariage. Opération réussie jusque-là, mais il fallait rester très vigilant. Parce que si le public s'apercevait que tout ça n'était qu'une comédie, ce serait un désastre.

Elle était en train de craquer. Elle allait se briser en mille morceaux. Depuis six ans, elle parvenait à donner le change, mais aujourd'hui… Elle ne se sentait plus capable de jouer la comédie. Or, il était trop tard pour faire machine arrière.

Alyse avançait dans une sorte de brouillard. Autour d'elle tout s'était estompé. Les gens, les couleurs, la lumière, le bruit. Une seule image occupait son esprit : le regard irrité de Leo quand il avait constaté qu'elle était au bord de la panique.

— N'oublie pas de sourire, murmura-t-il alors qu'ils franchissaient le portail de la cathédrale.

Au même instant une clameur assourdissante s'éleva de la foule. Malgré la nausée qui menaçait de la submerger, Alyse accrocha un sourire à ses lèvres.

— *Bacialo ! Bacialo !* se mirent à scander les gens.

Ils exigeaient des mariés qu'ils s'embrassent. Elle se tourna vers Leo, qui déposa sur ses lèvres un nouveau baiser factice. Ils saluèrent ensuite la foule en liesse, avant de se diriger vers le carrosse blanc orné de dorures qui les attendait au pied des marches.

Leo l'aida à y monter et s'installa à côté d'elle. Un valet en livrée ferma la portière, puis le carrosse s'ébranla pour parcourir les rues de la ville. Ensuite, il regagnerait le palais où se tiendrait la réception.

Leo se tourna vers elle, les sourcils froncés.

— Tu es très pâle.

— Je suis désolée. Je suis fatiguée.

En réalité, elle avait surtout les nerfs à fleur de peau. La banquette en cuir était étroite et leurs cuisses se touchaient, tandis qu'un flot de satin débordait sur les genoux de Leo. Cette journée était décidément beaucoup plus éprouvante qu'elle ne l'avait imaginé…

— Pas étonnant, commenta-t-il d'un ton neutre. Ces derniers jours ont été épuisants. Changer d'air devrait nous faire du bien.

Ils partaient le lendemain en voyage de noces pour une dizaine de jours. Ils passeraient d'abord une semaine sur une île privée des Caraïbes, puis feraient une tournée éclair en Europe, qui les conduirait à Londres, Paris et Rome.

Son estomac se noua. Une semaine isolés du monde, sans public ni photographes. Personne devant qui jouer la comédie. Une semaine entière en tête à tête. Et elle ne savait plus si elle devait se réjouir de cette perspective ou bien la redouter.

— Oui, en effet, répliqua-t-elle d'une voix miraculeusement ferme.

Leo se tourna vers la vitre pour saluer la foule amassée le long des rues pavées de la vieille ville, et Alyse en fit autant. Sa bague de fiançailles, une énorme émeraude cerclée de perles et de diamants, étincelait au soleil ; il lui semblait qu'elle pesait une tonne. Pourquoi tout lui paraissait-il soudain plus difficile ? Après tout, elle menait cette existence depuis six ans. Elle aimait le contact avec le public et avait appris à vivre avec l'attention permanente des médias.

Certes. Mais aujourd'hui, jour de son mariage, alors que Leo et elle venaient d'échanger leurs consentements devant le monde entier, cette mascarade était plus pesante que jamais. Même si tout au fond de son cœur, l'espoir n'avait pas complètement disparu.

— Alyse ?

— Oui ?

— Tu sembles souffrante, dit Leo, visiblement inquiet. Tu pourrais peut-être te reposer quelques instants avant la réception ?

La réception… L'anxiété d'Alyse décupla. Des heures à sourire, à échanger des gestes tendres avec Leo, à feindre d'être au comble du bonheur. Ce ne serait pas la première fois mais aujourd'hui, tout cela lui semblait insurmontable.

— Non, ça va aller.

Cette vie, elle l'avait choisie en connaissance de cause. Il fallait l'assumer. Et puis cette journée était un début, se rappela-t-elle fermement. Le début de leur vie commune, d'une succession de jours et de nuits à passer ensemble. Peut-être qu'au fil du temps Leo finirait par l'aimer.

*
* *

Leo réprima un soupir. Vivement que cette journée se termine ! Jamais il n'aurait imaginé qu'elle lui paraîtrait aussi interminable. Il jeta un coup d'œil à Alyse. Non seulement elle était pâle, mais elle avait maigri. De toute évidence, elle avait été éprouvée par la pression médiatique des derniers mois. Il fallait reconnaître que celle-ci avait été si intense qu'il avait parfois eu lui-même du mal à la supporter. Pourtant, il vivait depuis toujours sous les feux de l'actualité et il avait pris depuis longtemps l'habitude de jouer un personnage — du moins cette fois avait-il choisi de jouer la comédie.

Il s'était engagé dans ce mariage de convenance de son plein gré. Ne valait-il pas mieux partir du principe que l'amour était une imposture plutôt que de nourrir de vains espoirs, comme il l'avait fait pendant toute son enfance ? Au moins, entre Alyse et lui les choses étaient claires. Ils ne s'aimaient pas et ils le savaient l'un et l'autre depuis le départ. Leur mariage était fondé sur la base la plus solide qui pouvait exister : l'absence de sentiments consentie.

Malgré tout, ces derniers mois, le harcèlement des paparazzis avait pris des proportions démesurées. Une question s'était alors imposée à lui : pourquoi Alyse avait-elle accepté de l'épouser ? Il ne le lui avait jamais demandé. Elle avait accepté et elle jouait le jeu, c'était l'essentiel. Sauf qu'elle n'avait pas, contrairement à lui, de bonnes raisons de supporter tout ce cirque. Elle n'avait pas comme lui le devoir de restaurer le prestige d'une monarchie gravement discréditée, ni la volonté d'attirer les touristes dans un petit pays à l'économie vacillante. Alors pourquoi avait-elle accepté ce mariage, voilà six ans ? Et pourquoi n'était-elle jamais revenue sur sa décision ?

Sans doute parce que comme lui, elle préférait faire un mariage de convenance. Ou peut-être tout simplement parce que la perspective de devenir princesse, puis reine, la faisait rêver. Elle ne serait pas la première personne à être éblouie par la richesse et la gloire. En tout cas, elle assumait pleinement son choix et elle avait conquis la population de Maldinia et le public.

En bref, elle était parfaite.

Alors pourquoi se posait-il des questions ? Pourquoi était-il soudain en proie au doute ? Il détestait le doute. Il n'avait pas envie de se demander pourquoi sa jeune épouse était si pâle ni pourquoi son sourire semblait moins assuré qu'à l'accoutumée. Il voulait que les choses restent aussi simples qu'elles l'avaient toujours été. Il n'y avait aucune raison pour que le mariage complique tout.

Le carrosse s'immobilisa devant le palais et Leo se tourna vers Alyse en souriant. Il fallait arrêter de se torturer l'esprit et garder la même attitude courtoise mais impersonnelle que pendant leurs six années de fiançailles.

— On y va ?

Alyse lui rendit son sourire et prit la main qu'il lui tendait.

2.

Ils étaient seuls, enfin. Alyse était éreintée, mais cela ne l'empêcha pas d'être parcourue d'un long frisson lorsque Leo referma la porte derrière eux.

Ils s'étaient retirés dans une suite située dans l'une des tourelles du palais, composée d'une chambre, d'une salle de bains et d'un dressing somptueux. Un feu brûlait dans la cheminée, et un immense lit à baldaquin occupait la plus grande partie de la pièce. Alyse regarda le déshabillé de soie et de dentelle posé en évidence sur le lit et déglutit péniblement.

Leo et elle ne parlaient jamais de ça…

Ils auraient dû, sans doute, mais en fait ils n'avaient jamais vraiment discuté de quoi que ce soit. Leur relation — si on pouvait employer ce mot — n'avait jamais été rien d'autre qu'une longue campagne publicitaire. Avec pour unique sujet de conversation la gestion de leurs apparitions publiques.

Et à présent, ils étaient mariés. Ce qui changeait tout — du moins pour elle. Jusqu'à présent ils n'avaient partagé que des moments fabriqués, vécus sous l'œil du public. Mais ici, pour la première fois, ils étaient seuls et n'avaient pas besoin de jouer la comédie. Ce moment allait-il être… réel ?

— Détends-toi, dit Leo en s'approchant d'elle.

Elle perçut son souffle sur sa nuque et frissonna de nouveau, à la fois troublée et nerveuse.

— Nous attendons depuis six ans, nous ne sommes pas obligés de précipiter les choses.

— C'est vrai, murmura-t-elle.

Il passa devant elle et se dirigea vers la fenêtre. Les volets étaient ouverts sur un ciel étoilé. Plus tôt dans la soirée, des feux d'artifice avaient été tirés dans toute la ville. Les réjouissances s'étaient étalées tout au long de la journée et le calme commençait seulement à revenir dans les rues.

Leo dénoua son nœud papillon. Il s'était changé après la cérémonie, revêtant un smoking pour la réception. De son côté, Alyse avait troqué sa robe de mariée contre une robe haute couture choisie par l'équipe de stylistes engagée pour s'occuper d'elle. C'était un vêtement rose pâle sans bretelles avec une jupe vaporeuse.

— Tu veux te changer ? demanda Leo en ouvrant les premiers boutons de sa chemise.

Debout devant la fenêtre, avec les bouts de son nœud papillon qui pendaient sur l'étoffe blanche et ses cheveux de jais légèrement ébouriffés, il était d'une beauté déchirante.

Ses yeux sombres étaient splendides. Au début, elle les avait crus noirs, mais, obligée de plonger régulièrement les yeux dans les siens d'un air éperdu, elle avait rapidement constaté qu'ils étaient en réalité bleu marine.

Quant à son corps... Elle ne l'avait jamais vu dévêtu, certes, mais ses costumes cintrés et admirablement coupés mettaient en valeur ses larges épaules, ses hanches étroites et ses longues jambes musclées. Il était à la fois athlétique et élégant.

Ce corps, allait-elle le voir ce soir ? Allait-elle le caresser et l'embrasser ?

Au cours des six années écoulées, Leo s'était toujours montré courtois et attentionné avec elle. Alyse n'avait rien à lui reprocher, mais cela ne lui suffisait pas. Elle rêvait d'émotion, de passion et aussi, bien sûr, d'amour. Elle avait toujours été attirée par le feu qui couvait en lui.

Sous ses dehors flegmatiques, il cachait un tempérament ardent, elle en était persuadée. Elle voulait croire que la vraie nature du prince Leo Diomedi de Maldinia se révélerait s'il consentait de temps à temps à oublier son sens du devoir et des convenances ; s'il consentait à se laisser aller avec elle.

Allait-il le faire ce soir ? Même un tout petit peu ? Ou bien cet aspect de leur mariage ne serait-il lui aussi qu'une comédie ?

— Je crois que je vais me changer, dit-elle en jetant un coup d'œil au déshabillé.

— Tu n'as pas besoin de porter ça, commenta Leo avec un petit rire bref et un mouvement de tête vers le vêtement. Il n'y a pas de raison, n'est-ce pas ?

Vraiment ? Le cœur d'Alyse se serra. Que voulait-il qu'elle porte, alors ?

— Si tu prenais un bain ? Tu as besoin de te détendre un peu. La journée a été très longue, ajouta-t-il en se détournant et en enlevant son nœud papillon.

Après une hésitation, Alyse se dirigea vers la salle de bains. Elle s'efforça de se persuader que ce moment de répit était un soulagement, que se retrouver chacun de leur côté quelques instants leur ferait le plus grand bien à l'un et à l'autre. Même si cela faisait six ans qu'ils vivaient chacun de leur côté.

Déglutissant péniblement, elle ouvrit les robinets.

Après être restée dans la baignoire pendant une bonne demi-heure, Alyse se sécha et enfila un des deux peignoirs en éponge suspendus derrière la porte. Il était beaucoup trop grand pour elle et la couvrait jusqu'aux chevilles. Après en avoir remonté les manches, elle noua fermement la ceinture. Et maintenant ? Qu'allait-il se passer ? Qu'avait-elle envie qu'il se passe ?

« Que Leo m'enveloppe d'un regard ébloui, puis me

prenne dans ses bras en m'avouant les sentiments qu'il cache depuis six ans… »

Quel fantasme pathétique… Il fallait rester lucide : elle ne s'attendait pas à ce que Leo éprouve un coup de foudre subit pour elle. Elle voulait juste construire quelque chose avec lui. Quelque chose de réel. Or cela prenait du temps. Aujourd'hui, c'était un début.

Prenant une profonde inspiration, elle ouvrit la porte.

Leo avait enlevé son smoking et ne portait plus qu'un pantalon de pyjama de soie bleu marine. Il était assis dans un fauteuil devant la cheminée, un verre à la main.

Le regard d'Alyse fut irrésistiblement attiré par son torse, qu'elle n'avait vu jusque-là que sur des photos prises par des paparazzis pendant ses vacances. Sans elle. En six ans, ils n'étaient jamais partis en vacances ensemble.

Le voir torse nu en vrai était très différent. Le feu faisait danser sur sa peau hâlée des ombres qui mettaient ses muscles en valeur. Une fine toison bouclée descendait en pointe vers la ceinture de son pantalon de pyjama, sous laquelle elle disparaissait.

Le cœur battant à tout rompre, Alyse avança lentement vers lui. Il leva la tête et un sourire amusé étira ses lèvres.

— Je pense que c'est mon peignoir que tu as mis.

— Oh !

Elle s'empourpra. Puis l'image de Leo essayant d'enfiler l'autre peignoir, trop petit pour lui, s'imposa à elle et lui arracha un petit rire nerveux. Il arqua les sourcils, l'air interrogateur.

— Je t'imaginais dans l'autre peignoir, expliqua-t-elle.

— Intéressant…

A son grand dam, son cœur se gonfla de joie comme il souriait de nouveau. C'était ridicule… Un simple sourire et elle était prête à faire les rêves les plus fous. Elle s'installa dans l'autre fauteuil et approcha ses pieds nus de la cheminée. Le silence s'installa, uniquement troublé par le crépitement réconfortant du feu.

— Ça fait drôle d'être ici, finit par dire Alyse, les yeux fixés sur le feu.

— C'est normal, je suppose.

Elle jeta un coup d'œil à Leo. Une moitié de son visage était dans l'ombre et l'autre moitié était éclairée par la lueur vacillante des flammes. Une barbe naissante recouvrait sa mâchoire, soulignant le dessin ferme de ses lèvres sensuelles.

Des lèvres qu'il avait posées sur les siennes un nombre incalculable de fois. Mais au lieu de ces frôlements furtifs, elle rêvait de baisers avides, de langues entremêlées, de caresses fiévreuses…

Envahie par une vive chaleur, elle s'efforça de chasser ces images de son esprit.

— Tu te rends compte que nous n'avons pas été seuls tous les deux depuis environ un an ? constata-t-elle d'un ton délibérément léger.

Leo haussa ses épaules musclées.

— Ce n'est pas très surprenant, étant donné que nous avons toujours vécu des vies séparées depuis l'annonce de nos prétendues fiançailles.

— C'est vrai.

Ni l'un ni l'autre n'avait été pressé de se marier. Leo n'avait manifesté aucune impatience, en tout cas. Quant à elle, déjà inscrite à l'université de Durham, ses parents n'avaient pas voulu qu'elle renonce à ses études pour se marier à dix-huit ans. Elle-même n'en avait pas eu envie non plus, mais elle n'aurait sans doute pas résisté longtemps si la reine Sophia avait insisté…

Elle était si jeune à l'époque ! Si candide et si bouleversée. Elle aimait penser qu'elle avait changé, qu'elle avait mûri, au moins un petit peu. Il fallait espérer que c'était vrai, même si en ce moment même, elle se sentait plus gauche que jamais.

En tout cas, ces longues fiançailles avaient entretenu la fièvre des médias et contribué à redorer le blason de la monarchie. Pendant ce temps, elle avait étudié l'histoire en Angleterre, une matière — sa préférée —, fort heureusement jugée acceptable dans le cursus universitaire d'une future reine de Maldinia.

Alyse avait voulu conserver une part de normalité dans sa vie, sans lien avec Leo, la monarchie ni les médias. Cette normalité, elle l'avait trouvée à l'Université, où les journalistes *people* ne l'avaient jamais suivie de trop près. Cependant, elle avait assisté régulièrement à des cérémonies officielles en compagnie de Leo ; la presse s'en était alors donné à cœur joie, ce qui ne manquait jamais d'exciter la curiosité des autres étudiants — et même de certains professeurs.

A ce souvenir, sa gorge se noua. Même si en apparence elle avait mené une vie à peu près normale pendant ses années d'études, elle s'était sentie très seule, différente des autres. Et parce qu'elle savait que Leo ne l'aimait pas. Une certitude qui la minait alors et qui l'avait conduite un jour à commettre une erreur stupide, dont elle avait encore honte aujourd'hui… Mais ce n'était pas le moment de penser à ça. Pas ici, alors que c'était sa nuit de noces.

— A partir d'aujourd'hui, nous n'allons plus vivre des vies séparées, dit-elle.

Leo hocha la tête.

— Oui. Je suppose qu'il faut que nous décidions comment nous envisageons notre mariage, à présent que nous allons vivre sous le même toit.

Il s'interrompit pour boire une gorgée de whisky. Alyse retint son souffle.

— Pour ma part, ajouta-t-il, je ne vois pas de raison de changer grand-chose.

Alyse reçut cette information comme une gifle. Quelle cruelle déception ! Et quelle idiote elle faisait ! Avait-elle vraiment cru que les choses allaient changer parce qu'ils étaient mariés ? En réalité, il faudrait jouer encore davantage la comédie.

— Il faudra quand même que certaines choses évoluent,

j'imagine, objecta-t-elle d'un ton qu'elle espérait léger. Je veux dire… nous sommes mariés, c'est différent…

— Bien sûr. Mais ça ne veut pas dire que nous-mêmes nous devons être différents. Au cours des six dernières années tout s'est très bien passé, tu ne trouves pas ? demanda-t-il en souriant.

Non ! Non, non, non ! Mais comment lui expliquer qu'elle n'était pas d'accord avec lui, alors qu'elle avait toujours fait semblant de l'être ? Alyse fit un effort surhumain pour masquer sa désillusion.

— Sans doute. Mais à présent, nous avons l'occasion d'apprendre à mieux nous connaître…

Elle laissa sa phrase en suspens. Leo allait-il acquiescer avec empressement ? Non, bien sûr. Ce n'était pas son genre. D'ailleurs, il plissa le front et tourna le regard vers le feu.

— Nous avons déjà eu l'occasion de le faire, lâcha-t-il après un silence. Mais nous avons choisi de ne pas la saisir.

— Oui, je suppose que tu as raison…

Elle ne devait pas se sentir blessée. Leo n'était pas délibérément cruel, il ignorait seulement ce qu'elle ressentait. Il ne l'avait jamais su. Et c'était elle la responsable. Elle n'avait jamais eu l'honnêteté de lui révéler ses sentiments.

— Jouer la comédie risque de devenir lassant, à la longue, hasarda Alyse. Nous allons être obligés de nous montrer ensemble plus souvent.

— Les médias finiront par se lasser de nous.

Leo s'interrompit et un rictus ironique étira ses lèvres.

— Surtout quand la génération suivante fera son apparition, conclut-il.

Le cœur d'Alyse se mit à tambouriner dans sa poitrine. La génération suivante. Leurs enfants…

Leo posa son verre et se passa les deux mains dans les cheveux. Le regard d'Alyse fut irrésistiblement attiré par sa peau dorée, les muscles de ses bras et de ses épaules. Le désir mêlé de frustration qui la taraudait s'intensifia encore.

— Je sais que cette nuit risque d'être un peu embarrassante, déclara-t-il d'un ton neutre. Au moins au début.

Il indiqua le lit d'un mouvement du menton.

— Je pense qu'il vaut mieux le reconnaître franchement, poursuivit-il. Ce sera plus facile.

— Oui, en effet, répliqua-t-elle avec l'air le plus détaché possible. Il vaut beaucoup mieux être franc l'un avec l'autre dès le début. Nous jouons déjà suffisamment la comédie comme ça.

Elle eut un sourire crispé. S'il savait à quel point elle lui mentait…

— Absolument ! Faire semblant pour les médias, c'est une chose, mais j'espère que nous pouvons être honnêtes l'un avec l'autre.

— Oui.

— Ne fais pas cette tête, dit-il d'un air amusé. Tu sembles terrifiée.

Il fit un nouveau geste en direction du lit.

— J'espère que nous prendrons au moins un peu de plaisir.

Un peu de plaisir ? Mortifiée, Alyse objecta d'un ton crispé :

— Je ne suis pas terrifiée. C'est juste que… la situation est un peu embarrassante, comme tu l'as dit. Voilà tout.

— Je vais faire de mon mieux pour te mettre à l'aise.

Elle décela une pointe d'humour dans la voix de Leo. Et dans son sourire. Nul doute que faire l'amour avec lui n'aurait rien d'embarrassant. Ce serait merveilleux.

Sauf qu'ils ne feraient pas l'amour, hélas… Ils coucheraient ensemble. Sans passion ni sentiments. Ce serait purement physique. « Un peu de plaisir ». Elle ferma les yeux. Cette perspective était odieuse. Comme celle de jouer la comédie. Malheureusement, elle allait être obligée de continuer. Pas seulement devant les photographes, mais aussi devant Leo. Et ce serait encore beaucoup plus difficile qu'avant. Seigneur, pourquoi n'y avait-elle pas pensé plus tôt ?

— Alyse.

Elle ouvrit les yeux. Leo était penché vers elle, l'air inquiet.

— Si tu préfères, nous pouvons attendre. Nous ne sommes pas obligés de consommer notre mariage cette nuit.

— Un sursis ? ironisa-t-elle, cynique.

— Ce sera peut-être plus agréable quand nous serons moins fatigués. Et franchement, quoi que tu en dises, tu sembles terrifiée.

Oui, elle l'était. Mais pas pour les raisons qu'il imaginait. Elle n'avait pas peur de coucher avec Leo, elle avait peur de ne rien représenter pour lui. La désirait-il seulement ? Considérait-il cette nuit de noces comme une corvée ?

— Je t'assure que je n'ai pas peur. En revanche, je suis fatiguée, en effet. Alors peut-être que… cet aspect de notre mariage peut attendre un peu.

Leo haussa les épaules et le désarroi d'Alyse s'accrut. De toute évidence, un… report ne lui posait aucun problème. Le fait qu'il ne soit pas pressé était très révélateur, non ?

— Bien sûr, acquiesça-t-il d'un ton neutre. Mais il vaut tout de même mieux que nous dormions tous les deux dans le même lit. Les domestiques remarquent tout, et même ceux du palais se laissent parfois aller aux commérages.

Elle hocha la tête. Il valait mieux qu'elle évite de s'imaginer allongée à côté de Leo à moitié nu… Heureusement, le lit était grand. Et de toute façon, il fallait qu'elle apprenne à gérer cette situation. Après tout, ils allaient partager le même lit pendant des…

Non, peut-être pas. Ce soir, c'était leur nuit de noces, mais ensuite ils feraient peut-être chambre à part. Ils vivraient peut-être des vies séparées et ne se verraient que pour donner le change aux médias — ou pour concevoir un héritier…

— Très bien, dit-elle, la mort dans l'âme. Je vais juste mettre…

Elle s'interrompit. Dans cette chambre il n'y avait que sa robe de soirée et le déshabillé…

Leo jeta un coup d'œil à ce dernier.

— Le lit est grand. Et je pense que je suis capable de me contrôler même si tu portes ce bout de dentelle ridicule, déclara-t-il d'un ton pince-sans-rire.

De plus en plus abattue, Alyse s'efforça d'esquisser un sourire. Elle n'avait aucune envie que Leo soit capable de se contrôler. Elle l'avait toujours connu flegmatique, froid et même dur, parfois. Mais ça ne l'empêchait pas de vouloir qu'avec elle, il soit différent. Et stupidement, l'adolescente naïve qu'elle était au fond de son cœur avait espéré que la situation évoluerait dès qu'ils se retrouveraient enfin seuls.

Elle se leva, prit le déshabillé sur le lit et se rendit dans la salle de bains.

Leo s'allongea sur le lit et attendit qu'Alyse revienne. La discussion ne s'était pas passée aussi bien qu'il l'aurait voulu. La jeune femme avait paru crispée, comme s'il l'avait vexée… Il réprima un soupir. Il la croyait pourtant aussi terre à terre que lui en ce qui concernait leur mariage. Pourquoi ce malaise soudain ? C'était perturbant.

Mais depuis quand s'inquiétait-il de ce qu'elle ressentait ? Ce mariage était censé lui épargner ce genre de problèmes. Aucun sentiment ne devait entrer en jeu.

Et s'il en avait parfois assez de jouer la comédie — il l'avait fait trop souvent dans sa vie —, du moins ce mariage était-il une comédie qu'il avait choisie.

Il se souvenait des négociations qui avaient eu lieu, après la diffusion virale de cette fichue photo. Son père, le roi Alessandro, avait demandé à les voir tous les deux en privé.

Quelques semaines après sa fête d'anniversaire, Alyse était donc venue à Maldinia en compagnie de sa mère, Natalie. Lorsque la jeune femme était entrée dans le bureau du roi, seule, elle lui avait paru incroyablement juvénile et vulnérable dans sa jupe et son corsage d'écolière, avec ses cheveux attachés en queue-de-cheval.

Alessandro n'avait pas mâché ses mots, comme à son habitude : la reine Sophia et Natalie Barras étaient amies, et elles avaient envisagé la possibilité d'un mariage entre leurs enfants, avait-il dit. Ce qui n'était pas tout à fait exact. En réalité, Sophia aurait souhaité pour son fils une épouse avec un peu plus de sang bleu qu'Alyse. Lorsque Leo s'était rendu à cette fête d'anniversaire, il savait à peine qui était celle-ci. C'était l'emballement médiatique qui avait tout déclenché.

— Dans un monde idéal, vous auriez eu le temps d'apprendre à vous connaître, avait dit le roi d'un ton bienveillant, en complète contradiction avec sa véritable nature. Vous auriez pu voir si vous vous entendez bien. Mais nous ne sommes pas dans un monde idéal.

Alyse n'avait rien dit. Leo, de son côté, savait où son père voulait en venir. Ses parents lui avaient déjà parlé et il avait reçu la directive : « Tu dois l'épouser. Le public l'adore. Pense au bénéfice pour le pays, pour la monarchie. »

En réalité, ses parents n'avaient pensé qu'à eux. Ils avaient discrédité la monarchie avec leurs mensonges, leurs liaisons et leurs dépenses somptuaires. Et ils avaient compté sur lui, le prince héritier, pour réparer les dégâts.

Il savait tout cela au moment de l'entrevue, mais Alyse l'ignorait. Elle avait semblé abasourdie. Elle avait très peu parlé et s'était contentée d'écouter le roi lui vanter les mérites d'un mariage « décidé » — un terme beaucoup plus anodin qu'« arrangé ». Ou « imposé ».

Elle n'avait pris la parole que lorsqu'elle avait commencé

à comprendre quel genre de comédie ils devraient jouer, et pendant combien de temps.

— Vous voulez dire que nous devons… faire semblant d'être amoureux ? avait-elle demandé d'une voix à peine audible.

— Les sentiments naissent avec le temps, avait affirmé Alessandro sur le même ton bienveillant.

Il avait eu du mal à réprimer une moue de dégoût, se souvint Leo. Le mariage d'Alessandro, sa propre famille étaient la preuve que les sentiments ne naissaient jamais. Et de toute façon, ils n'étaient pas fiables. Mais Alyse avait hoché lentement la tête en signe d'acceptation, et leurs fiançailles avaient été annoncées dès le lendemain.

La comédie avait alors commencé.

La porte de la salle de bains s'ouvrit et Alyse apparut, vêtue cette fois du peignoir à sa taille. Avait-elle l'intention de dormir avec ? se demanda Leo.

Elle s'immobilisa à côté du lit, les doigts sur la ceinture de son vêtement.

— Tu veux que j'éteigne la lumière ? demanda-t-il.

— Ça m'est égal.

Non, il ne voulait pas vraiment. A vrai dire, il avait envie de voir à quoi elle ressemblait dans ce déshabillé affriolant. Il l'avait vue dans des tas de tenues très élégantes, toujours impeccablement coiffée et maquillée, mais jamais en chemise de nuit, les cheveux lâchés, sur le point de le rejoindre dans un lit. Sa virilité s'éveilla. Il n'avait pas couché avec une femme depuis longtemps. Très longtemps. Trop longtemps…

Il éteignit la lumière, mais le clair de lune qui entrait par la fenêtre ouverte éclairait suffisamment la pièce. Il vit Alyse enlever le peignoir. La dentelle du déshabillé ne cachait pas grand-chose de ses courbes féminines, baignées d'une lueur argentée. Il eut le temps de remarquer la rondeur de ses seins et de ses hanches avant qu'elle se glisse précipitamment sous les couvertures.

Il n'avait jamais été aussi loin de s'endormir. Et à

en juger par la raideur de sa jeune épouse, elle avait le même problème. Peut-être auraient-ils dû décider de consommer leur mariage ce soir. Au moins, cela les aurait occupés…

Ils pourraient discuter, certes, mais après avoir joué la comédie du grand amour pendant six ans, Leo n'avait rien de très intéressant à dire à sa compagne — et c'était sans doute réciproque. Ce qui avait été le but recherché, en quelque sorte.

Pourtant, dans cette chambre plongée dans la pénombre et le silence, il éprouvait soudain le besoin de parler à cette femme. Sa femme. De nouer des liens avec elle. Quelque chose qu'il s'était toujours interdit de faire avec quiconque. Et d'ailleurs, il n'avait pas la moindre idée de comment s'y prendre.

— Bonne nuit, finit-il par dire d'un ton plus bourru qu'il ne l'aurait voulu.

Il sentit Alyse se raidir encore davantage.

— Bonne nuit, répliqua-t-elle, d'une voix si douce et si triste qu'il fut accablé de remords.

« Pourquoi, bon sang ? » se demanda-t-il aussitôt, furieux contre elle et contre lui-même.

Avec un soupir à peine réprimé, il tourna le dos à Alyse, en priant pour trouver rapidement le sommeil.

3.

Alyse se réveilla épuisée. Elle avait très mal dormi, trop consciente du corps de Leo à côté du sien, même pendant les moments où elle s'était assoupie.

Il faisait grand jour et le soleil inondait la pièce. Qu'allait apporter cette nouvelle journée ? Ils devaient s'envoler dans la matinée pour Saint-Cristos, une île privée des Caraïbes. Une semaine de lune de miel en tête à tête, sans télévision, téléphones ni ordinateurs. Une semaine pendant laquelle ils pourraient apprendre à se connaître. Du moins, il fallait l'espérer…

On frappa à la porte. Avant qu'elle ait le temps de réagir, Leo glissa un bras autour de sa taille et l'attira contre lui. Médusée, elle se figea en sentant sa virilité tendue contre ses fesses.

— *Vieni* ! Désolé, mais il faut donner le change devant les domestiques, ajouta-t-il dans un murmure.

Ce fut tout juste si elle l'entendit. Elle n'avait jamais été aussi près de lui et ce contact était exaltant. La toison qui recouvrait son torse lui chatouillait le dos et le contact de sa virilité déclenchait dans tout son corps des sensations inouïes.

Elle changea instinctivement de position. Pour s'écarter de lui ou pour s'en rapprocher encore ? Elle n'en avait aucune idée. Elle n'était pas en état de réfléchir. Leo resserra son bras autour d'elle avec un juron étouffé.

— Arrête de gigoter, sinon je risque d'avoir une réaction très embarrassante. Je suis humain, tu sais.

Le temps qu'elle saisisse ce qu'il voulait dire, deux jeunes domestiques entrèrent dans la chambre avec le chariot du petit déjeuner.

« Une réaction très embarrassante » ? Voulait-il vraiment dire qu'il la désirait à ce point-là ? Qu'un simple mouvement de hanches pouvait lui faire perdre le contrôle de lui-même ?

Leo la lâcha et se redressa dans le lit en remontant les couvertures sur son torse.

— *Grazie.*

Les joues en feu, les deux jeunes femmes quittèrent la pièce en leur jetant des regards furtifs. Alyse constata qu'une bretelle de son déshabillé avait glissé sur son épaule ; ses cheveux, tout ébouriffés, lui tombaient devant les yeux. Avait-elle l'air d'une femme aimée et comblée ? Quelle ironie !

Elle remit ses cheveux derrière ses oreilles, en s'efforçant de maîtriser les battements de son cœur. Malgré la preuve flagrante de son excitation, Leo était imperturbable. Il se leva et se dirigea vers le chariot pour servir deux tasses de café.

— Désolé. Réaction physiologique habituelle chez l'homme, le matin. Mais je pense que nous avons convaincu les domestiques.

La déception fut si forte qu'Alyse faillit laisser échapper un petit gémissement. « Réaction physiologique. » Rien à voir avec elle, donc. Quelle naïve ! Comment avait-elle pu s'imaginer qu'elle y était pour quelque chose ? Elle prit une profonde inspiration.

— Pas de problème. Nous sommes mariés, après tout.

— En effet.

Leo lui tendit une tasse.

— Mais j'imagine que cette comédie va finir par devenir lassante pour l'un comme pour l'autre, reprit-il.

Alyse fixa son café.

— Comme tu l'as dit, les médias vont se désintéresser

de nous à présent que nous sommes mariés. Il suffira que nous paraissions heureux en public.

Elle se mordit l'intérieur de la joue. Comme il était difficile de feindre qu'elle ne souhaitait rien de plus !

— Peut-être, acquiesça Leo.

Sans doute se demandait-il dans combien de temps il pourrait reprendre sa vie solitaire. Quand ce moment arriverait, que ferait-elle ? Au cours des derniers mois elle s'était donné du courage en se répétant que, comme Leo, elle avait un devoir à remplir. Un rôle à tenir. En tant que princesse, puis reine de Maldinia, elle se consacrerait à son peuple. Elle s'efforcerait de redonner de l'espoir à la nation en s'engageant dans les associations caritatives et en soutenant ses entreprises. Il fallait se raccrocher à cette idée en évitant de penser à la vie solitaire qui l'attendait.

— Quand partons-nous pour Saint-Cristos ? demanda-t-elle d'un ton faussement enjoué.

— Nous quittons le palais à 11 heures, et nous nous arrêterons quelques instants devant l'entrée pour saluer la foule. Le temps de quelques photos, ajouta-t-il avec une moue.

Elle eut un pincement au cœur. Le cynisme de Leo était nouveau. Il avait toujours été flegmatique, voire froid, mais il n'avait jamais paru aussi désabusé. Avait-il le sentiment, comme elle, que le mariage avait changé quelque chose entre eux ? Que la situation s'était dégradée ? Faire semblant semblait encore plus hypocrite après la cérémonie du mariage qu'avant. Lorsqu'ils étaient fiancés elle n'avait jamais pensé à ça. Et Leo non plus, sans doute.

— Je vais te laisser t'habiller, dit-il en posant sa tasse. Je te retrouverai dans le grand hall un peu avant 11 heures.

Alyse hocha la tête en tâchant de masquer son désarroi. Allaient-ils passer leur vie à s'éviter ? A échanger des propos embarrassés, dépourvus de toute émotion, sans qu'il y ait jamais la moindre complicité entre eux ? Impossible. Il faudrait que ça change. Elle ne pouvait pas vivre ainsi. Elle ne le voulait pas.

Peut-être les choses changeraient-elles une fois qu'ils seraient à Saint-Cristos, se dit-elle sans grand espoir.

A peine furent-ils à bord du jet royal que Leo disparut dans un bureau à l'arrière de l'appareil. Alyse avait déjà pris cet avion lors de ses allers-retours entre l'Angleterre et Maldinia, mais son luxe somptueux la surprenait toujours. Elle était issue d'une famille aisée mais pas riche à ce point.

« Aujourd'hui, tu es membre d'une famille royale. »

Cela lui paraissait encore irréel. Elle n'avait pas le sentiment d'être la femme de Leo, comment pourrait-elle avoir celui d'être une princesse ?

S'efforçant de chasser ce genre de pensées de son esprit, elle s'installa sur une des banquettes en cuir de la cabine principale. Comme prévu, Leo et elle s'étaient attardés quelques instants devant le palais pour saluer les Maldiniens venus assister à leur départ. Des dizaines de bouquets de fleurs avaient été déposés devant les grilles. Alyse avait passé quelques minutes à bavarder et à rire avec les gens, tandis que Leo s'était contenté de regarder, un sourire crispé aux lèvres. Le peuple aimait son prince séduisant et énigmatique, mais ce dernier ne soulevait pas l'enthousiasme des foules, contrairement à elle. C'était pour cette raison que la monarchie de Maldinia avait besoin d'elle. Que Leo avait besoin d'elle.

Pour rien d'autre.

Et à présent qu'ils n'étaient plus sous l'œil des photographes ni du public, il la laissait seule. Alyse fut assaillie par une bouffée d'indignation, qui relégua au second plan la détresse qui l'accablait depuis leur mariage. Même si leur relation était fictive, en l'ignorant avec une telle détermination, il faisait preuve d'une rustrerie inacceptable ! Aiguillonnée par son irritation, elle se leva et alla trouver Leo. Il était assis à un bureau, penché sur des documents. Il leva la tête à son arrivée et plissa le front.

— Qu'y a-t-il ?

— Je me demandais juste si tu avais l'intention de passer tout le vol dans ton bureau, demanda-t-elle d'un ton où perçait nettement son exaspération.

Il la regarda d'un air interdit.

— Cela te poserait un problème ?

— Un peu, oui. Je comprends que tu ne veuilles pas que les choses changent entre nous, mais bavarder un peu de temps en temps pourrait être agréable. Ou bien allons-nous passer toute la semaine à nous éviter ?

— Je n'essaie pas de t'éviter.

— Tu le fais naturellement, sans même y penser, c'est ça ?

— Nous sommes à bord depuis dix minutes, fit-il valoir d'un ton très calme. Tu ne crois pas que tu pourrais t'occuper seule pendant un peu plus longtemps ?

Alyse secoua la tête avec impatience.

— Je peux m'occuper sans problème. Mais je n'aime pas particulièrement vivre isolée.

Leo pinça les lèvres.

— L'avion décolle dans quelques minutes. Je te rejoins bientôt.

C'était dit tellement à contrecœur qu'il valait mieux s'en contenter pour l'instant, décida-t-elle. Ce n'était pas le moment de lui expliquer qu'elle ne s'estimait pas capable de vivre comme ça toute une matinée, et encore moins toute une vie. Après tout, elle avait accepté cette existence six ans plus tôt, quand le roi Alessandro lui avait exposé la situation.

« Les sentiments naissent avec le temps. » Elle avait fondé tous ses espoirs sur cette affirmation sans fondement, destinée sans aucun doute à l'apaiser. Pendant six ans, elle avait voulu y croire. Autant dire qu'elle avait bâti des châteaux en Espagne.

Leo était de nouveau penché sur ses documents. Après une hésitation, elle retourna dans la cabine.

Il ne la rejoignit pas pour le décollage. Son agacement se mua en colère noire quand l'hôtesse lui servit un verre d'eau gazeuse au lieu du champagne qui attendait visiblement dans son seau que Leo et elle portent un toast à leur mariage.

Evitant le regard de la jeune femme, Alyse prit sa liseuse. Heureusement qu'elle avait téléchargé de nouveaux livres avant de partir : de toute évidence, elle allait avoir beaucoup de temps à consacrer à la lecture pendant sa lune de miel.

Au bout de quelques heures, Leo finit par faire son apparition.

— Désolé, dit-il en s'asseyant en face d'elle. J'avais pas mal de travail à rattraper avant que nous soyons privés de connexion au réseau.

— Si tu veux éviter des commérages de la part de ton personnel, tu devrais peut-être te montrer un peu plus attentionné avec ton épouse, répliqua-t-elle avec humeur. Nous ne sommes mariés que depuis vingt-quatre heures, tu sais.

Il parut déconcerté.

— Même les époux follement amoureux doivent travailler.

— Pendant leur lune de miel ?

Il plissa les yeux.

— J'ai des devoirs envers mon pays…

— Ce mariage en fait partie, coupa-t-elle d'un ton acerbe, qu'elle regretta aussitôt.

Elle avait tout d'une mégère… Vu la nature de leurs relations c'était vraiment ridicule.

— Fais attention, dit-il à voix basse en jetant un coup d'œil aux portes fermées de la cabine.

— Toute notre vie, nous allons devoir faire attention.

Allons bon, elle recommençait ! Pourquoi ne parvenait-elle plus à masquer sa frustration ? Elle avait réussi pendant des années. Pourquoi flanchait-elle aujourd'hui ?

— Tu l'as toujours su, répliqua Leo avec un regard réprobateur. Il vaudrait mieux attendre d'être vraiment seuls pour avoir cette conversation.

— Eh bien, je peux au moins avoir l'espoir d'une conversation, alors, lâcha-t-elle, amère.

Leo la regarda sans rien dire et elle détourna les yeux. Il fallait absolument qu'elle se ressaisisse.

— Que t'arrive-t-il ? demanda-t-il au bout d'un moment, l'air à la fois perplexe et agacé. C'est la première fois que tu te comportes de cette manière.

— C'est la première fois que nous sommes en tête à tête, rétorqua-t-elle sans le regarder. Je ne veux pas que tu m'évites toute la semaine. Je deviendrais folle.

Un long et lourd silence s'installa entre eux.

— Je ne cherche pas à t'éviter, dit enfin Leo. Je suis comme d'habitude. Je pensais que tu avais accepté la nature de notre relation. Que ça te convenait parfaitement, comme à moi.

Alyse prit une profonde inspiration. Il fallait à tout prix éviter de lui montrer à quel point elle était blessée.

— Je l'ai acceptée. Mais c'est différent maintenant. Nous sommes mariés et nous allons passer davantage de temps ensemble. En tête à tête. Ce serait bien si nous pouvions faire en sorte qu'au moins ces moments soient agréables.

Elle voulait beaucoup plus que ces miettes, mais ce serait déjà un début ; si Leo était d'accord.

Il prit la bouteille de champagne et servit deux flûtes.

— Je suppose que ce n'est pas une demande déraisonnable.

Devait-elle rire de ce manque d'enthousiasme ou en pleurer ? se demanda-t-elle avec amertume en prenant la flûte qu'il lui tendait.

— Je suis heureuse de te l'entendre dire.

— Nous aurions sans doute dû discuter plus tôt de la façon dont nous envisagions notre vie commune.

— Est-ce que ça aurait changé quelque chose ?

— Pour moi, peut-être pas.

Il leva sa flûte.

— A quoi veux-tu trinquer ?

Aucune idée ne vint à l'esprit d'Alyse.

— A l'avenir, finit-elle par dire, d'un ton plus morne qu'elle ne l'aurait voulu. Quoi qu'il nous réserve.

Leo hocha la tête et but une gorgée en regardant sa femme porter sa flûte à ses lèvres. Elle avait le teint pâle, les yeux cernés et son visage exprimait une tristesse déchirante. Pourquoi ? Qu'attendait-elle de lui ? Pourquoi, après avoir accepté le statu quo pendant des années, semblait-elle vouloir que les choses changent ?

Il se tourna vers le hublot. Le ciel était d'un bleu éclatant. Ils allaient passer une semaine à Saint-Cristos — la destination la plus prestigieuse du monde pour une lune de miel — afin de perpétuer le mythe de leur relation. Une relation qui lui convenait parfaitement telle qu'elle était.

Cependant, elle était appelée à évoluer puisqu'ils allaient passer plus de temps ensemble. Sur ce point, Alyse avait raison.

Même s'il n'avait aucune envie que leurs liens deviennent plus étroits, ils pouvaient malgré tout partager certaines choses… Peut-être s'entendraient-ils bien au lit, par exemple. Ils ne semblaient pas avoir beaucoup d'atomes crochus en dehors, mais il était vrai qu'il n'avait jamais cherché à le vérifier. Il n'avait pas envie de mieux connaître Alyse. Il voulait que leur relation reste une simple façade.

Il n'avait rien de plus à lui offrir et il faudrait bien qu'elle s'en contente.

*
* *

A leur arrivée à Saint-Cristos, Alyse avait les nerfs à fleur de peau. La tension constante qui régnait entre Leo et elle l'épuisait. Dire qu'elle avait espéré qu'une fois mariés, ils pourraient enfin apprendre à mieux se connaître ! Après la brève discussion qu'ils avaient eue avant de boire le champagne, ils ne s'étaient pratiquement plus adressé la parole jusqu'à l'atterrissage. Et dans la limousine qui les conduisait vers leur lieu de séjour, le silence régnait encore…

Le cœur en capilotade, elle regarda par la vitre les collines verdoyantes qui se dressaient au loin. Derrière les palmiers qui bordaient l'étroite piste sur laquelle ils roulaient, on apercevait la mer qui scintillait sous le soleil de l'après-midi. Il était sept heures plus tôt qu'à Maldinia.

Ils arrivèrent en vue de la résidence touristique, un village de cases à la fois simples et luxueuses. La limousine s'arrêta. La résidence haut de gamme leur était exclusivement réservée pendant toute la semaine et le personnel les attendait devant l'accueil, sourire aux lèvres et les yeux brillants. Alyse prit une profonde inspiration. Pour une fois, elle n'avait pas le cœur à saluer la foule avec chaleur. Elle était trop abattue.

— On y va, murmura Leo avec un sourire crispé en l'aidant à descendre de voiture.

Elle serra des mains et murmura des plaisanteries comme un automate. Leo la prit par la taille et l'embrassa sur la joue, arrachant des petits soupirs ravis à plusieurs femmes de chambre. Au bout d'un moment qui lui parut interminable, on les conduisit à leur case, isolée dans une petite crique.

Le mobilier, sobre mais raffiné, était constitué d'un bureau en tek, de deux fauteuils en rotin et d'un immense lit garni de draps en lin. La moustiquaire qui protégeait la baie vitrée était relevée, dégageant la vue sur la mer qui léchait le rivage à quelques mètres.

Il n'y avait aucune prise de courant, pas de télévision,

de téléphone ni de réseau internet ou mobile. Rien pour les empêcher, Leo et elle, de passer tout leur temps ensemble.

Rien sauf Leo lui-même…

— Je crois que je vais aller explorer les environs, annonça-t-il. Si tu en profitais pour t'installer ?

Réprimant un soupir, Alyse commença à défaire sa valise. Une femme de chambre lui avait proposé de le faire, mais elle avait refusé. Elle avait besoin d'être seule. Cependant, sortir les quelques tenues qu'elle avait emportées pour leur semaine dans les Caraïbes ne lui prit que quelques minutes. Après avoir terminé, elle se mit à tourner en rond dans la case, espérant et redoutant à la fois le retour de Leo.

Au bout d'un moment, elle décida de se baigner. Avec une pointe de gêne, elle enfila un des deux-pièces qui avait été sélectionné pour elle. Dire qu'elle n'avait choisi aucun des vêtements contenus dans ses valises et qu'elle venait tout juste de les découvrir… Les maillots de bain étaient un peu suggestifs à son goût, mais après tout quelle importance puisqu'elle était seule ?

Elle sortit sur la plage et savoura la douceur du sable. Les pieds dans l'eau claire et délicieusement tiède, elle commença à se détendre un peu. A son retour, Leo accepterait peut-être d'avoir la discussion qu'il avait fuie dans l'avion. Elle lui expliquerait calmement qu'elle ne voulait plus qu'ils se comportent comme des étrangers. S'ils ne pouvaient pas former un couple normal, ils pouvaient au moins devenir amis. Ce serait tout de même plus supportable que la situation actuelle, non ?

Elle plongea et nagea plusieurs mètres sous l'eau, savourant une merveilleuse sensation de liberté. Lorsqu'elle remonta à la surface, son cœur fit un bond dans sa poitrine. Leo était là. En maillot de bain, les pieds dans l'eau, il la regardait.

— Je me demandais quand tu finirais par remonter

pour respirer, lança-t-il. Je ne savais pas que tu nageais aussi bien.

Elle se redressa. L'eau était peu profonde et ne montait que jusqu'à sa taille.

— Il y a beaucoup de choses que nous ignorons l'un de l'autre.

Malgré la distance, elle vit des étincelles jaillir dans ses yeux tandis qu'il promenait le regard sur son corps ruisselant. Une vive chaleur l'envahit aussitôt, tandis que sa poitrine se gonflait d'espoir.

— Oui, répliqua Leo après un silence. C'est vrai.

Elle s'efforçait en vain de réprimer les battements frénétiques de son cœur. C'était la première fois qu'elle voyait du désir dans les yeux de Leo. Un désir brûlant, sauvage. Surprenant et presque effrayant. Mais surtout très exaltant. Il y avait si longtemps qu'elle en rêvait !

— Tu ne te baignes pas ? demanda-t-elle d'une voix rauque.

— Si.

Il la rejoignit à la nage et se mit debout dans l'eau tout près d'elle. Fascinée par son torse musclé, elle fut prise d'une envie irrésistible de le caresser et d'y promener ses lèvres pour recueillir les gouttes qui glissaient sur sa peau. Son pouls s'affola. Il fallait faire diversion, vite !

— C'est beau ici, n'est-ce pas ?

Mon Dieu, cette réflexion était d'une banalité affligeante ! Mais elle ne savait pas quoi faire ni quoi dire… Elle n'était capable que d'une chose : ressentir. Le feu qui courait en elle et l'espoir qui s'était emparé d'elle. Si Leo éprouvait du désir pour elle, peut-être qu'un jour il éprouverait bien plus que ça, non ?

Mais en réalité, elle n'arrivait pas non plus à penser à l'avenir. Tout ce qui comptait, c'était maintenant. C'était ce désir qui continuait de briller dans les yeux de Leo… Il leva lentement la main et elle retint son souffle, les jambes tremblantes. Allait-il la toucher ? Il ne l'avait jamais touchée qu'en public…

— Oui, c'est beau, acquiesça-t-il en effleurant sa joue du bout des doigts. Et tu es belle. Comment fais-tu pour rendre réel ce qui était factice ?

Elle crut que son cœur allait exploser de joie. Cette question ne prouvait-elle pas qu'elle avait raison d'espérer ?

— Parce que je le veux. Je veux que ce soit réel, Leo.

Il esquissa un sourire et se pencha vers elle.

— C'est assez réel, murmura-t-il contre ses lèvres.

Puis il l'embrassa.

Seigneur… Il s'était emparé de sa bouche dans un baiser vorace qui n'avait rien à voir avec ceux qu'il lui avait donnés jusque-là en public. Submergée par des sensations inouïes, Alyse noua les bras sur sa nuque et lui répondit avec ardeur.

Il referma les mains sur ses hanches et la plaqua contre lui. Electrisée par le contact de sa virilité dressée contre son ventre, elle s'alanguit dans ses bras avec un gémissement étranglé. Il quitta sa bouche pour faire courir ses lèvres et sa langue le long de son cou, puis jusqu'à la naissance de ses seins. Vibrant d'excitation, elle renversa la tête en arrière.

— Leo…

Il releva la tête.

— C'est en train de déraper, non ? Il vaudrait mieux éviter de passer notre nuit de noces dans l'eau, dit-il en s'écartant. J'étais venu te dire que le dîner sera bientôt servi. Le personnel est en train d'installer une table sur la plage.

La frustration d'Alyse fut si intense qu'elle en eut le vertige.

— Nous pourrions dîner plus tard, au restaurant, objecta-t-elle en s'efforçant d'afficher la même désinvolture que lui.

— Sur la plage, c'est plus romantique.

Elle le regarda nager jusqu'au rivage. Alors, dépitée, frustrée, elle prit une profonde inspiration et plongea pour regagner à son tour la terre ferme.

*
* *

Dès qu'il arriva dans la case, Leo prit ses vêtements et se dirigea vers la salle de bains. Il avait besoin de prendre une douche. Froide. Bon sang, il n'avait pas couché avec une femme depuis trop longtemps ! La vue d'Alyse presque nue lui avait fait perdre la raison. Il n'avait pas pu s'empêcher de l'embrasser, et ce baiser étonnamment passionné avait achevé de l'enflammer. Jamais il n'avait été en proie à un désir aussi irrépressible. Il avait dû faire appel à toute sa volonté pour se ressaisir et s'écarter d'elle. Elle était certainement vierge et méritait mieux qu'une étreinte précipitée sur le sable. Il voulait prendre son temps. Lui donner du plaisir. Et en prendre lui-même le plus possible. Pas question de se contenter de satisfaire hâtivement sa libido. Le sexe était le seul aspect de leur mariage qui pouvait leur apporter un peu de bonheur.

Au bout de dix minutes sous le jet glacé, Leo retrouva son sang-froid habituel. Il enfila un pantalon de toile et un polo vert bouteille, puis il sortit de la salle de bains.

Alyse avait pris une douche dans l'autre salle de bains et lisait dans un fauteuil en rotin, les cheveux mouillés, vêtue d'une robe bain de soleil bleue qui mettait en valeur ses yeux gris-bleu et ses longues jambes bronzées.

Jusqu'à présent, il l'avait toujours vue entourée de stylistes et d'esthéticiennes, habillée avec la plus grande élégance, maquillée et coiffée à la perfection. Aujourd'hui, son visage était dénué de tout fard et le soleil avait déjà fait apparaître quelques taches de rousseur sur son nez. Elle était beaucoup plus séduisante ainsi. Plus naturelle. Les soins dont elle était l'objet d'ordinaire lui manquaient-ils ? Aimait-elle les vêtements, les produits de beauté et les bijoux ?

Peu importait, se dit-il aussitôt. Pourquoi lui poser la question ? Il n'avait pas besoin de savoir. Il ne voulait pas savoir. Mais il fallait bien reconnaître que cette nouvelle Alyse éveillait sa curiosité… et son désir !

Le soleil commençait à descendre dans le ciel et le dîner serait bientôt servi. Leo défit ses valises avec une conscience aiguë de la présence toute proche de sa femme et de son parfum fleuri. A moins que ce soit celui de son shampoing ? En tout cas, c'était la première fois qu'il le remarquait. Il se remémora la douceur de ses lèvres pulpeuses et son corps frémissant contre le sien, l'ardeur avec laquelle elle avait répondu à son baiser. Un nouvel éclair de désir le transperça et il poussa un soupir exaspéré.

— Le dîner est prêt, déclara-t-il d'un ton trop brusque.

Alyse posa sa liseuse sur la table basse et se leva. Sa robe moulante mettait en valeur la rondeur de ses seins, petits mais parfaits, la finesse de sa taille et le galbe de ses jambes interminables. Elle était peut-être un peu trop mince — sans doute à cause du stress lié aux préparatifs du mariage —, mais elle avait un corps bien proportionné… non, un corps sublime. Un corps qui appelait les caresses.

Le désir de Leo s'intensifia.

Ce soir, décida-t-il. Ce soir, ils deviendraient réellement mari et femme. De la seule manière possible.

Au lit.

4.

Alyse suivit Leo sur la plage baignée par une lumière violine, tandis que le soleil s'enfonçait lentement dans l'eau.

Les employés qui avaient dressé la table s'étaient éclipsés. Ils étaient seuls. Sur la table éclairée par des bougies les attendaient un seau à champagne et une salade de crabe servie sur deux assiettes de porcelaine. C'était le dîner le plus romantique qu'on pouvait imaginer, et pourtant elle avait l'impression d'avancer dans un champ de mines.

Elle ne savait pas du tout comment se comporter avec Leo. Surtout après ce baiser. Elle n'avait pas cessé de revivre cet instant magique.

« Comment fais-tu pour rendre réel ce qui était factice ? » Sur le moment, cette question l'avait transportée. Naïvement, elle avait cru qu'il pensait à leur relation. A leur mariage. Mais lorsqu'il était reparti, elle avait compris de quoi il parlait : la seule chose réelle entre eux, c'était le désir.

C'était déjà ça, après tout. Ce désir se teinterait peut-être peu à peu de sentiments. A condition de lui laisser l'occasion d'évoluer, ce que Leo semblait déterminé à éviter.

Il lui avança une chaise et elle s'assit.

— Champagne ?

Elle hocha la tête. Il déboucha la bouteille et servit deux coupes avant de s'asseoir en face d'elle. Ils trinquèrent sans un mot et Leo but une gorgée en regardant la mer. Le soleil avait disparu et l'eau était d'un beau violet foncé.

Prenant une profonde inspiration, Alyse demanda, avec un grand sourire :

— Alors, quel est le programme pour demain ? Baignade avec masque et tuba ? Plongée ? Promenade ?

Il la regarda d'un air si interloqué qu'elle faillit pouffer.

— Ne fais pas cette tête. J'aurais pu suggérer du macramé.

— Du macramé ? Je ne sais même pas ce que c'est.

— Une manière de créer du tissu ou même des objets à partir de ficelle en effectuant un travail de nœuds. C'est une de mes passions. J'espérais que tu la partagerais.

Cette fois elle ne put s'empêcher de rire devant la mine ahurie de Leo. A sa grande joie, il se joignit à elle.

— Tu m'as bien eu ! reconnut-il.

Il but une gorgée de champagne et secoua la tête.

— Six ans et j'ignorais complètement que tu avais le sens de l'humour.

— Parce que nous n'avons jamais discuté sérieusement.

Elle avait voulu prendre un ton léger, hélas, cela n'avait pas été très réussi. Il fallait faire mieux.

— Pas de macramé, en tout cas, acheva-t-elle.

— Je suis soulagé que ça ne fasse pas partie de tes passions !

Il se tut. Il aurait pu en profiter pour l'interroger sur ses vraies passions, mais il ne le ferait pas, comprit-elle. Il ne lui poserait jamais de questions personnelles.

— Plongée, alors ? reprit-elle. Je n'ai pas mon brevet, mais j'ai lu qu'il y avait ici des moniteurs avec lesquels on peut le préparer en une journée.

Leo eut un raclement de gorge évasif qui la hérissa.

— Je pense que la plongée devrait te plaire. Sous l'eau on n'a pas à faire la conversation, lança-t-elle d'un ton acerbe.

— Je n'ai rien contre la conversation.

— C'est la conversation avec moi qui te pose un problème, alors ?

Il secoua la tête avec un agacement manifeste.

— Alyse…

— Je ne vois pas pourquoi nous ne pourrions pas être amis. Notre mariage n'est pas conventionnel, je le sais et je l'accepte. Mais étant donné que nous sommes contraints de vivre ensemble, j'aimerais que nous devenions au moins amis.

Dans le silence qui suivit, Leo la regarda sans rien dire. Sacrebleu, elle lui avait seulement offert son amitié ! Pourquoi alors se sentait-elle aussi vulnérable, avec l'impression désagréable d'exiger l'impossible ? La réponse vint aussitôt : parce que, de toute évidence, Leo n'avait besoin de personne — et surtout pas d'elle. Même pas comme amie.

Incapable de supporter plus longtemps le silence, elle finit par le rompre :

— Dis quelque chose.

— Je ne vois pas ce que je pourrais dire que tu aurais envie d'entendre.

— Au point où nous en sommes, n'importe quoi vaut mieux que le silence.

— Je ne pense pas que nous pouvons devenir amis.

— Pourquoi donc ?

— Parce que je ne le souhaite pas.

A peine eut-il prononcé ces mots que Leo prit conscience de leur brutalité. Pourtant, il n'avait pas eu l'intention d'être cruel. En tout cas, pas consciemment. A vrai dire, il ne savait pas très bien ce qu'il ressentait. Une chose était certaine, en revanche : sa compagne était blessée. Il l'avait vu dans son regard avant qu'elle détourne les yeux.

— Alyse…

Que dire ? Comment lui expliquer ?

Il n'en eut pas le temps : elle se leva brusquement

et s'éloigna sur la plage. Très vite, elle disparut dans l'obscurité.

Irrité contre lui-même autant que contre Alyse, Leo soupira. Quel idiot ! Il avait très mal géré la situation. Il aurait dû savoir quoi faire, quoi dire…

Il jeta sa serviette sur la table et se leva pour partir à la recherche de la jeune femme.

— Où es-tu ? lança-t-il d'une voix forte.

— Si tu as peur que je commette une imprudence, ne t'inquiète pas, ce n'est pas mon intention, lui répondit la voix lointaine d'Alyse. Je ne supportais plus de rester assise à table avec toi.

— Je ne l'aurais pas supporté non plus, répliqua-t-il avec une autodérision soudaine.

Elle ne réagit pas. Il soupira et fit quelques pas dans la direction d'où était venue sa voix.

— Où te caches-tu ?

— Je ne me cache pas !

Leo fit encore quelques pas et il la vit. Elle était arrivée au bout de la crique et ne pouvait pas aller plus loin. Recroquevillée sur elle-même, les bras croisés, elle lui tournait le dos.

— Je suis désolé, dit-il au bout d'un moment. Je me suis mal exprimé.

— Ça paraissait pourtant très clair !

— Je voulais juste dire que ce serait sans doute plus facile si nous n'essayons pas de devenir amis.

Elle laissa échapper un petit rire amer et se tourna vers lui.

— Plus facile ? Pour toi, peut-être.

— Oui, pour moi.

Il se balança d'un pied sur l'autre et enfonça les mains dans ses poches.

— Je pense que je n'ai pas besoin de te rappeler que

ce mariage est un mariage de convenance, Alyse. Un simple arrangement.

— Ça ne veut pas dire qu'il ne peut pas devenir autre chose.

« Autre chose » ? Leo se passa une main nerveuse dans les cheveux. Bien sûr, il commençait à soupçonner qu'Alyse nourrissait ce genre d'espoir, mais en avoir la confirmation n'en était pas moins désagréable.

— De toute évidence, cette idée t'horrifie, relança-t-elle d'un ton sarcastique. Je t'ai réduit au silence.

— C'est inattendu, répliqua-t-il avec circonspection. Je croyais que nous étions d'accord sur la nature de notre mariage.

— Etant donné que nous n'en avons jamais discuté, je ne vois pas comment tu pouvais en être aussi certain.

— Etant donné que nous avons tous les deux accepté de jouer la comédie des fiançailles pendant six ans, je ne vois pas pourquoi tu t'es imaginé que ça pourrait changer aujourd'hui.

Le menton relevé, les yeux étincelants, Alyse semblait le défier. Leo réprima un soupir exaspéré. C'était si inattendu ! Il se sentait piégé et c'était insupportable. Mais il y avait pire encore : il était en proie à une indécision tout à fait inhabituelle. Jusque-là, il avait pourtant toujours parfaitement su ce qu'il voulait… et ce qu'il ne voulait pas !

Pourquoi cette femme se révélait-elle tout à coup différente de ce qu'il imaginait ? Et pourquoi avait-il l'impression d'être un autre homme en face d'elle ?

Il redressa les épaules et croisa les bras.

— Nous avions tous les deux le même objectif en nous mariant, Alyse.

Elle lui retourna un rictus ironique.

— Lequel ?

— Redorer l'image de la monarchie et engendrer un héritier.

— Ah, oui, un héritier…

Elle croisa les bras à son tour.

— Je dois dire que coucher avec un homme qui n'a même pas envie d'apprendre à me connaître est une perspective très exaltante.

— Je ne vois pas où est le problème.

Elle laissa échapper un rire aigu.

— J'aurais dû me douter que tu dirais quelque chose de ce genre.

Leo se frotta la joue, désarçonné. Il lui fallait à tout prix limiter les dégâts.

— Je t'ai dit que je m'étais mal exprimé. C'est juste que je n'avais jamais pensé à… à l'amitié.

— Eh bien moi, je crois que tes propos reflétaient très exactement ta pensée. Simplement, tu n'avais pas prévu qu'ils paraîtraient aussi durs.

Alyse repartit en direction de leur table. Elle passa tout près de lui et il fut assailli par une bouffée de son parfum fleuri. Il resta un instant immobile, puis il se décida à la rejoindre. Elle avait repris sa place à table et mangeait sa salade d'une manière mécanique qui suggérait qu'elle n'en éprouvait aucun plaisir.

Leo se rassit. Il constata avec dépit qu'il n'avait plus faim du tout. Et il se sentait coupable de l'avoir blessée — un sentiment qu'il avait déjà éprouvé à plusieurs reprises depuis qu'ils étaient mariés, et qu'il trouvait très désagréable. En principe, il devrait se moquer de ce qu'elle ressentait.

— Sincèrement, je ne voulais pas t'offenser, finit-il par dire.

Alyse avait mangé la moitié de son assiette. Il n'avait pas touché la sienne.

— Je suggère que nous devenions amis et tu me réponds que tu n'en vois pas l'intérêt. Comment pourrais-je prendre ça bien ? demanda-t-elle sans lever les yeux de son assiette.

— Tu m'as pris au dépourvu, s'agaça-t-il. Pendant six ans, nous nous sommes comportés comme des étrangers l'un pour l'autre, et cela paraissait te convenir. Pourquoi aurais-je dû prévoir que tout changerait ?

— Parce que nous sommes mariés.

— Ce n'est rien de plus qu'un bout de papier ! objecta-t-il au comble de l'exaspération. Qui ne change rien.

Alyse leva les yeux vers lui, le visage pâle.

— Parce que tu ne veux pas que ça change.

— Non, en effet.

— Pourquoi pas ? Qu'est-ce que tu as contre moi ?

— Oh ! pour l'amour du ciel !

Leo ferma un instant les yeux et poussa un profond soupir.

— Rien, reprit-il. Je n'ai rien du tout contre toi.

— Contre les femmes en général, alors ?

Il réprima un juron.

— Non, je n'ai aucun problème avec les femmes, Alyse. Je n'ai aucun problème tout court. Je veux simplement que nous nous en tenions à ce qui était prévu. Ce à quoi nous avons donné l'un et l'autre notre accord il y a six ans : un mariage de convenance destiné à redorer le blason de la monarchie de mon pays.

— Tu crois vraiment que je me soucie de la monarchie ? demanda-t-elle d'une voix vibrant de tristesse.

Leo fut assailli par des souvenirs douloureux. Lui aussi avait été cruellement déçu, autrefois. Sa détresse avait été si profonde qu'il avait décidé de tout faire pour ne jamais revivre de telles affres. Or, un mariage arrangé n'était-il pas le meilleur rempart possible contre la souffrance qu'engendraient les sentiments ?

— Je suppose que tu t'en soucies puisque tu as accepté de m'épouser et de jouer cette comédie.

Elle détourna les yeux.

— Tu as tort. Je me moque de la monarchie. Je n'ai jamais eu envie d'être princesse. Ni reine ni rien de tout ça.

Il réprima un frisson. La sincérité d'Alyse était flagrante. Or, il n'avait aucune envie de la croire. Il serait beaucoup plus confortable de continuer à penser qu'elle avait accepté de se marier avec lui par intérêt. Tellement plus confortable…

— Alors pourquoi as-tu accepté ces fausses fiançailles ? Ce faux mariage ? demanda-t-il à contrecœur.

Il aurait voulu ne jamais lui poser cette question, mais aujourd'hui, elle s'imposait.

— Pourquoi ? répéta-t-elle en continuant de fuir son regard. Ça n'a plus vraiment d'importance.

Alyse savait que ce n'était pas une réponse, mais mieux valait ne pas insister. Leo n'avait aucune envie d'entendre sa réponse.

Ils restèrent silencieux pendant un long moment, puis elle le dévisagea. L'expression d'Alyse était impénétrable, mais Leo devinait sa souffrance. Il la sentait. Quelle plaie ! Pendant des années il avait réussi à se fermer à toute émotion. A ne rien ressentir. Jamais. Alors pourquoi aujourd'hui était-il aussi sensible aux états d'âme de cette femme ?

— Je ne vois toujours pas pourquoi l'amitié compliquerait les choses entre nous, déclara-t-elle d'un ton neutre. Il me semble plutôt qu'elle devrait les rendre plus faciles. Nous allons passer le reste de notre vie ensemble. Nous allons avoir des enfants…

La voix d'Alyse s'était remise à trembler et il avait une conscience aiguë de son désarroi. Voilà pourquoi l'amitié compliquerait les choses : elle ouvrirait la porte aux émotions.

— Tu savais tout ça, objecta-t-il. Tu savais à quoi tu t'engageais.

— Il y a une grande différence entre savoir une chose et la vivre. Tu trouves vraiment que le fait d'être marié ne change pas les choses ?

Il avait envie de répondre oui. Il fallait répondre oui et couper court à cette discussion. Et pourtant, il ne pouvait pas. Parce que en effet, il ne se sentait plus tout à fait le même.

Il jeta sa serviette sur la table avec impatience. Il avait à peine touché sa salade, mais il n'avait plus faim.

— Ecoute, le fond du problème c'est que je ne suis pas certain de pouvoir devenir ton ami.

— Pourquoi ?

— Parce que… je n'ai jamais vraiment eu d'amis.

Allons bon, voilà qu'il donnait de lui une image pitoyable ! Furieux, il serra les dents. Pourquoi Alyse l'avait-elle contraint à lui faire cet aveu pathétique ?

— Tu n'as jamais eu d'amis ? s'exclama-t-elle d'un ton incrédule.

Il réprima un soupir exaspéré.

— Non, pas vraiment.

En réalité il en avait eu au moins un. Un ami et frère qu'il avait aimé plus que tout au monde. La seule personne avec laquelle il avait été lui-même. La seule en qui il avait eu confiance. Et puis la relation la plus authentique qu'il avait jamais eue s'était révélée aussi factice que toutes les autres.

— Pourquoi ? demanda Alyse.

Il se contenta de hausser les épaules et à sa grande exaspération, elle continua de le regarder d'un air interrogateur.

— Quand on vit sans cesse sous les projecteurs, la véritable amitié n'est pas facile à trouver, déclara-t-il d'un ton brusque.

Il arrivait que les gens feignent de tenir à vous uniquement pour se retrouver eux aussi dans la lumière. Mais pas question de raconter sa déconvenue à sa femme. S'il avait tenu à une union de façade, c'était pour éviter toute déception et rester maître de la situation. Sauf que le contrôle de celle-ci lui avait échappé depuis l'instant où Alyse et lui avaient échangé leurs consentements dans la cathédrale.

— Malgré tout, il y a bien dû y avoir quelqu'un…

— Je n'ai pas vécu dans la solitude, coupa-t-il hérissé par le ton compatissant de sa compagne. J'avais des relations, des domestiques, des employés…

— Ce n'est pas la même chose.

— Sans doute. Mais ce que l'on n'a jamais eu ne peut pas vous manquer.

Sauf qu'il avait eu — ou cru avoir — une relation importante. Et il savait qu'elle lui manquerait terriblement s'il s'abandonnait à la nostalgie. Ce qu'il ne s'autorisait jamais à faire.

Alyse resta silencieuse un long moment, l'air pensif.

— Penses-tu que tu pourrais essayer avec moi ? finit-elle par dire.

— Essayer quoi ?

— D'être mon ami. De me laisser devenir la tienne.

Il se passa la main dans ses cheveux.

— Et bientôt, nous nous vernirons mutuellement les ongles et nous ferons… comment appelles-tu ça ? du macramé ?

Un sourire étira les lèvres d'Alyse et, contre toute attente, Leo fut assailli par une bouffée de désir.

— Pas de macramé, je te le promets. Ni de vernis à ongles.

— Bien, commenta-t-il sobrement, sans parvenir à répondre à son sourire.

La coupe était pleine. L'émotion, les confidences, il n'en pouvait plus ! Il avait l'impression d'être sur le point d'exploser. Il mangea résolument une bouchée de salade.

— Baignade avec masque et tuba, ça me paraît bien.

Après tout, c'était comme pour la plongée : avec un tuba dans la bouche, on ne pouvait pas discuter…

5.

Dès la fin du repas, Leo s'excusa et partit faire un tour. Alyse le suivit des yeux jusqu'à ce qu'il disparaisse dans l'obscurité. Alors seulement, elle s'autorisa à pousser un soupir. Pour une fois, ils avaient eu une vraie discussion ; toutefois, celle-ci n'avait servi qu'à souligner une évidence : ils ne partageaient rien et se connaissaient très mal.

Et pourtant, elle l'aimait. Seigneur… Comment pouvait-on aimer quelqu'un qu'on connaissait à peine ? Quelqu'un qui gardait résolument ses distances ? Cette question, elle se l'était souvent posée et n'avait jamais trouvé la réponse. Malheureusement, cela n'avait entamé en rien les sentiments qu'elle éprouvait pour Leo depuis le jour de ses dix-huit ans, lorsqu'il était venu à sa fête d'anniversaire. Son sourire, très rare, et le contact de ses lèvres sur sa joue avaient affolé son cœur. Aussitôt, elle avait reconnu les symptômes. Comme ses parents, elle avait eu un coup de foudre. Sauf que dans son cas, elle avait été la seule à être frappée. Une expérience qu'elle ne souhaitait à personne…

Elle secoua lentement la tête, abattue, puis se leva et regagna la case. A cause du décalage horaire, elle ne tenait plus debout. Cependant, une fois couchée entre les draps de lin, bercée par le bruit des vagues et le concert nocturne des grenouilles et des grillons, elle ne parvint pas à trouver le sommeil. Sa conversation avec Leo la poursuivait.

« Je n'ai jamais vraiment eu d'amis. » Fallait-il prendre cette affirmation au pied de la lettre ? Cela paraissait si incroyable… Mais s'il avait dit la vérité — ce qu'elle croyait —, cela expliquerait beaucoup de choses. Sa réserve, son goût de la solitude, son refus de se lier intimement.

De son côté, elle avait également eu une enfance solitaire. Elle était fille unique, et ses parents n'avaient d'yeux que l'un pour l'autre. Elle avait été élevée par une nurse taciturne, puis envoyée en pension. Trop timide pour s'intégrer, elle n'y avait jamais vraiment trouvé sa place. C'était seulement à l'Université qu'elle s'était fait des amis.

Ensuite, elle avait traversé six années sous les projecteurs. Parfois, les échanges qu'elle avait avec les gens qui se pressaient pour l'acclamer lui paraissaient les relations les plus authentiques et les plus sincères qu'elle avait jamais eues. Ce qui en disait long sur sa vie affective…

Ainsi, curieusement, Leo et elle avaient tous les deux l'expérience de la solitude et y réagissaient de manière très différente : lui recherchait l'isolement, elle avait soif d'intimité.

Leo marcha jusqu'au bout de la crique. Lorsqu'un amoncellement de rochers lui barra le passage, il s'immobilisa en soupirant. Après cette conversation éprouvante, il avait soudain eu besoin d'espace. Malheureusement, il ne parvenait pas à faire le vide dans son esprit.

Alyse n'avait pas des exigences démesurées, il en était conscient. Sa demande était raisonnable. L'amitié n'avait rien de menaçant ni d'effrayant. Elle pouvait même faciliter les choses, comme l'avait dit Alyse. Il valait sûrement mieux avoir des relations amicales plutôt que de s'enfermer dans le silence. Et pourtant…

Toute sa vie, il s'était enfermé dans le silence. Il s'était consacré entièrement à son travail et à son devoir. Parce que c'étaient des domaines dans lesquels on ne risquait pas d'être déçu. On ne risquait pas de souffrir.

L'amitié pouvait paraître inoffensive, mais il était bien placé pour savoir qu'ouvrir son cœur, même un tout petit peu, pouvait conduire à la souffrance. Et de toute façon, il ne connaissait rien à l'amitié. Il ne savait pas se comporter en ami. Ça paraissait peut-être incroyable et pathétique, mais c'était la vérité. Il vivait une vie solitaire depuis si longtemps qu'il n'avait aucune envie de changer.

Et pourtant, il était déjà en train d'évoluer malgré lui. Il s'en voulait terriblement d'avoir blessé Alyse. Et ces remords l'exaspéraient. Ce mariage n'était pas censé lui compliquer l'existence.

Jurant à mi-voix, Leo repartit à grands pas vers la case.

Lorsqu'il arriva, la jeune femme était au lit, allongée sur le dos, immobile. Il s'assit sur le lit, éreinté. A cause du voyage, bien sûr. Mais aussi et surtout à cause du trop-plein d'émotions, qui les perturbait l'un et l'autre depuis leur mariage.

— Tu dors ? demanda-t-il à voix basse.

Il entendit un soupir.

— Curieusement, je n'arrive pas à dormir.

Il se tourna vers elle.

— Ce n'est pas seulement dû au changement de contexte, je suppose ?

Elle émit un petit bruit qui pouvait passer pour un rire, et qui lui enleva le poids qu'il avait sur le cœur.

— Malheureusement non.

Elle changea de position et une bretelle de sa chemise de nuit glissa sur son épaule. Le regard de Leo fut irrésistiblement attiré par la courbe de son sein éclairé par le clair de lune. Sa virilité s'éveilla et il s'efforça de se concentrer sur le visage de sa compagne. De toute évidence, elle attendait qu'il dise quelque chose.

— Je suis désolé.

— Pour quoi, exactement ? demanda-t-elle avec une pointe d'humour.

— S'il y a plusieurs possibilités, ça doit être vraiment grave, répliqua-t-il sur le même ton. Tu as fait une liste ?

— C'est plutôt toi qui sembles susceptible d'en faire une.

Il laissa échapper un petit rire las et se passa la main dans les cheveux.

— La tienne est sans doute beaucoup plus longue que la mienne.

— Peut-être pas, dit-elle d'une voix douce.

Il fut étreint par une émotion étrange, qu'il s'empressa de réprimer.

— Je suis désolé d'avoir eu des paroles blessantes. Elles n'étaient ni appropriées ni nécessaires.

— Ce sont des excuses bien cérémonieuses.

Il se hérissa en constatant qu'elle tâchait de le pousser dans ses retranchements.

— C'est tout ce dont je suis capable !

Elle soupira.

— C'est bon. J'accepte tes excuses.

Le regard de Leo fut de nouveau attiré par ses seins, mis en valeur par le décolleté de sa chemise de nuit. N'avait-elle donc pas emporté des pyjamas décents ? Bien sûr que non : c'était leur lune de miel et ils étaient censés être follement amoureux.

— Et maintenant ? demanda-t-elle après un silence. Tu penses que nous pouvons être amis ?

— Je peux essayer, concéda-t-il à contrecœur.

Un sourire étira les lèvres d'Alyse.

— Je n'en demande pas plus.

— Mais ça ne change rien sur le fond. Notre mariage reste un arrangement.

— Ce qui n'exclut pas forcément l'amitié.

L'espoir était perceptible dans la voix de son épouse. Mais qu'espérait-elle exactement ? Levant les yeux au ciel, Leo enleva sa chemise et prit son pyjama. Il se changea rapidement, trop conscient de la proximité d'Alyse. Dire qu'ils n'avaient pas encore couché ensemble ! Quand le feraient-ils ? Il n'en avait plus aucune idée. Le sexe et les émotions n'allaient pas du tout ensemble à son sens, mais après la discussion de ce soir, il avait la très nette impression qu'Alyse ne serait pas capable de les dissocier. Il ne manquerait plus qu'elle attende autre chose de lui que de l'amitié ! De l'amour, par exemple… Bon sang, il lui fallait mettre les points sur les *i*.

— Tu sais, dit-il en se glissant entre les draps, je ne t'aimerai jamais. Je n'aime personne et je n'ai jamais aimé personne.

Elle resta silencieuse un long moment.

— C'est ça qui t'inquiète ? interrogea-t-elle enfin. Tu penses que si nous devenons amis, je risque de tomber amoureuse de toi ?

— Tu risques de te convaincre que tu l'es.

— A t'entendre, je suis du genre à me bercer d'illusions.

— Croire à l'amour, c'est déjà se bercer d'illusions.

— Pourquoi penses-tu cela ?

— Parce que l'amour n'existe pas. C'est juste une attirance purement physique, qui varie selon l'humeur.

Après un nouveau silence, Alyse déclara :

— Si tu penses que l'amour n'existe pas, tu n'as aucune raison de craindre que je tombe amoureuse, tu ne crois pas ?

Il soupira, coincé par sa logique imparable.

— Je veux juste que les choses soient claires. Je suis d'accord pour tenter une sorte d'amitié, mais c'est tout.

— Une sorte d'amitié ? Quelle sorte ?

Alyse s'efforçait de faire de l'humour, mais elle était blessée. Leo l'entendait dans sa voix. Il fixa le plafond.

— Je t'ai dit que je n'avais jamais vraiment eu d'amis. Donc je ferai de mon mieux.

Elle se tourna vers lui et un de ses seins lui effleura l'épaule. Une flèche de désir le transperça, aussi s'écartat-il d'elle avec précaution. Pas de sexe cette nuit. C'était hors de question. Mais bon sang, bientôt. Très bientôt…

— Je suppose que je devrai m'en contenter, conclut-elle d'un ton résigné.

Puis le silence s'installa.

6.

La première chose qu'Alyse perçut en se réveillant fut le murmure des vagues sur le sable, à quelques mètres de la chambre baignée par la lumière du jour. Elle regarda Leo qui dormait à côté d'elle, un bras replié au-dessus de la tête, la mâchoire recouverte d'une barbe naissante. Ses cils, étonnamment longs, effleuraient ses pommettes et ses lèvres sensuelles étaient entrouvertes. Il paraissait moins dur dans le sommeil. Presque vulnérable. Très différent de l'homme froid et distant avec qui elle avait discuté la veille au soir.

Elle admira son torse puissant, puis fit descendre son regard vers le drap qui le couvrait jusqu'à la taille. Un long frisson la parcourut. Comme il était tentant de vérifier si sa peau était aussi satinée qu'elle le paraissait, de promener les doigts sur ses épaules musclées, sur son torse, de les glisser sous le drap…

Alyse fut emportée par une vague de désir qui lui donna le vertige. Quelle importance, l'amitié ? Elle avait juste envie de lui. Et si elle le caressait ? Si elle le réveillait d'un baiser ? Malheureusement, elle n'était pas assez hardie pour ça. Sans compter qu'elle avait bien trop peur qu'il la repousse.

Mais quand allaient-ils consommer leur mariage ?

Elle se leva avec précaution et enfila le peignoir assorti à sa chemise de nuit. Encore une tenue ridiculement sexy qu'elle n'avait pas choisie… Après un dernier regard vers Leo, qui semblait toujours profondément endormi, elle quitta la case.

Le soleil venait à peine de s'élever au-dessus de l'horizon, mais il faisait déjà chaud. Elle s'assit sur le sable et en prit une poignée, qu'elle laissa filer entre ses doigts en se remémorant la discussion de la veille. Leo avait accepté à contrecœur de tenter « une sorte d'amitié » et il l'avait prévenue qu'il ne l'aimerait jamais. Ce qui n'avait rien de surprenant. Après tout, c'était ce qu'elle redoutait depuis des années. Et pourtant…

Pourtant, elle n'avait jamais cessé de croire au miracle. La veille, elle avait menti à Leo comme elle s'était menti à elle-même pendant six ans. Elle s'était cramponnée avec obstination à l'espoir qu'il apprendrait à l'aimer. Que les choses changeraient. Et elle s'y cramponnait encore aujourd'hui. Malgré ce qu'il lui avait dit, elle ne pouvait s'empêcher d'espérer qu'il finirait par l'aimer un jour ; que le désir et l'amitié se transformeraient en amour.

Cet amour auquel il ne croyait pas…

Le plus sage serait d'abandonner tout espoir et de se contenter de ce qui était à sa portée. Mais elle ne pouvait pas s'y résoudre. Elle continuerait à espérer envers et contre tout, parce que l'espérance était la seule chose qui lui permettait de tenir.

D'ailleurs, pourquoi serait-il inenvisageable que Leo finisse par l'aimer un jour ? « Je ne t'aimerai jamais. Je n'aime personne et je n'ai jamais aimé personne. » Pourquoi n'aimait-il personne ? Pas même ses parents ni sa sœur ? « Croire à l'amour, c'est déjà se bercer d'illusions », avait-il affirmé également. Pour quelle raison avait-il verrouillé son cœur au point de refuser de croire à l'amour ? Pouvait-elle essayer de le déverrouiller ? Allait-elle oser ?

— Bonjour.

Elle se retourna. Leo était debout sur le sable, à quelques mètres d'elle, superbe. Il ne portait que son pantalon de pyjama. Pourvu qu'il ne puisse pas lire sur son visage ce à quoi elle était en train de penser...

— Bonjour, le salua-t-elle à son tour.

— Tu as bien dormi ?

— Pas particulièrement, répondit-elle franchement.

Leo sourit. Son pouls s'affola — seigneur, elle s'en voulait tellement parfois d'être aussi romantique ! Savait-il qu'il était sublime ? Qu'un seul sourire de lui suffisait à la combler de joie ? « Ça suffit ! » s'ordonna-t-elle *in petto.*

— Moi non plus, déclara-t-il en s'asseyant à côté d'elle. Je n'ai pas l'habitude de discuter comme nous l'avons fait hier soir.

— J'avais compris.

— C'était évident, n'est-ce pas ?

— On peut le dire, oui. Tu donnais l'impression d'avoir autant envie de parler de toi que de te faire arracher une dent.

Il pouffa.

— Eh bien, j'ai au moins essayé.

— C'est tout ce que je demande.

Soudain très sérieux, Leo plongea le regard dans le sien.

— C'est vrai ?

Elle resta silencieuse. Non, bien sûr, ce n'était pas vrai. Et il semblait le savoir — ou au moins le soupçonner. Se doutait-il qu'elle était amoureuse de lui ? A cette pensée, elle fut assaillie par une bouffée de honte mêlée d'espoir. Elle avait envie qu'il connaisse ses sentiments. Elle en avait assez de faire semblant. Mais prendre le risque de provoquer son mépris, son rejet ? Non, elle ne pouvait pas. Pas encore. Et peut-être jamais...

Il n'insista pas et demanda :

— Baignade avec palmes et tuba ?

Elle hocha la tête.

— Si nous allions d'abord prendre notre petit déjeuner ? suggéra-t-il.

— D'accord.

Il se leva et regagna la case. Alyse le suivit des yeux

avec une pointe d'incrédulité. Elle allait enfin passer une journée entière en compagnie de Leo…

Cette histoire d'amitié, c'était très simple, finalement, se dit Leo. En tout cas pour l'instant. Il suffisait qu'il passe un peu de temps avec Alyse et qu'il prenne part à des activités avec elle. Voilà qui lui convenait. Il préférait l'action à la discussion. Du moment qu'ils s'en tenaient à des occupations anodines qui, de préférence, rendaient la conversation impossible, ça ne posait aucun problème.

Vingt minutes plus tard, après s'être changés, tous deux se dirigèrent vers le restaurant de la résidence. Alyse portait un short en toile qui mettait en valeur ses jambes interminables et un T-shirt rose pâle. Un peu trop moulant, peut-être, songea Leo. Pas au point d'être indécent, mais… Malgré tous ses efforts, son regard était irrésistiblement attiré par les seins de sa compagne. Des seins hauts et fermes, qu'il avait aperçus sous les chemises de nuit provocantes qu'elle portait pour dormir. Il l'avait toujours trouvée plutôt séduisante, mais au naturel, sans coiffure ni maquillage sophistiqués, elle était… très belle.

Et il avait très envie d'elle.

Il n'y avait aucune raison qu'ils ne puissent pas être amis le jour et amants la nuit. Ce serait même la solution idéale. Du moment qu'Alyse ne confond pas les deux et qu'elle ne se mette pas à attendre davantage de lui.

Mais après tout, il suffisait de faire en sorte que ça n'arrive pas…

Le restaurant était vide puisqu'ils étaient les seuls clients des lieux. Néanmoins, une demi-douzaine d'employés se précipitèrent vers eux dès qu'ils pénétrèrent dans la case, abritée du soleil et ouverte sur la mer. Ils s'installèrent à une table et on leur apporta un pot de café et une carafe de jus d'orange fraîchement pressé.

— Je meurs de faim, avoua Alyse en jetant un coup d'œil au buffet. Et apparemment, il y a de quoi se rassasier !

Leo regarda à son tour les plateaux de pâtisseries, les jattes de fruits frais, les plats de bacon, saucisses et œufs.

— En effet.

— Mais c'est du gaspillage, non ? Nous sommes les uniques clients.

— Je suis sûr que le personnel mangera aussi. C'est un établissement respectueux de l'environnement.

— Tant mieux. Es-tu très concerné par ce genre de problèmes ? demanda Alyse avec curiosité.

Il haussa les épaules.

— J'essaie de faire entrer mon pays à l'heure du XXIe siècle, dans le domaine de l'environnement comme dans d'autres.

— Quels autres ?

Leo fronça les sourcils. Il n'avait pas l'habitude de parler de lui. Ni de répondre à des questions. Personne ne lui en posait jamais.

— En ce qui concerne la technologie, Maldinia a environ vingt ans de retard sur le reste de l'Europe. Je travaille actuellement à un projet visant à assurer l'accès à l'internet haut débit dans tout le pays.

— Ce n'est pas encore le cas ?

— Seulement à Averne et sa banlieue, et dans les stations touristiques. Maldinia est avant tout un pays agricole, et même dans ce secteur, les méthodes employées sont obsolètes.

Alyse lui décocha un sourire malicieux.

— Mais ça doit être bon pour le tourisme, ces fermiers vêtus à l'ancienne menant leurs troupeaux avec des houlettes.

Il lui rendit son sourire.

— Ça donne de jolies cartes postales. Mais ces fermiers devraient avoir la possibilité de consulter la météo — ou les résultats du foot — sur internet quand ils rentrent chez eux, tu ne crois pas ?

Alyse éclata d'un rire joyeux. Un rire qui lui plaisait beaucoup, constata Leo avec surprise. Et qu'il n'avait pas beaucoup entendu au cours des six années écoulées…

— Absolument. L'accès à internet est pour ainsi dire devenu un droit inaliénable à notre époque.

— Inaliénable, acquiesça-t-il d'un ton solennel.

Ils se sourirent de nouveau et il fut étreint par une émotion inconnue, qui le bouleversa autant qu'elle le surprit.

— J'ignorais que tu étais déjà impliqué dans l'administration du pays.

L'espèce d'attendrissement qui s'était emparé de Leo s'évanouit. Tant mieux. C'était mieux ainsi.

— Un peu, répondit-il d'un ton plus crispé qu'il ne l'aurait voulu.

Il n'était pas aussi impliqué qu'il le voudrait. Depuis quinze ans, il essayait de prouver à son père qu'il était capable d'être roi. Qu'il méritait qu'on lui confie des responsabilités. Le roi Alessandro ne s'intéressait pas aux affaires du pays — il préférait de loin se consacrer à ses plaisirs personnels —, mais il ne voulait pas que son fils lui fasse de l'ombre ni qu'il occupe le pouvoir.

Leo réprima une moue amère. En fait, son père n'avait jamais souhaité qu'il devienne roi. Et il avait beau être son héritier, il n'oubliait jamais qu'il n'était qu'un second choix. Un pis-aller.

Alyse tournait son café d'un air songeur.

— Il y a tellement de choses que j'ignore à ton sujet…

Il se raidit. Passer du temps ensemble, d'accord. Mais chercher à mieux se connaître… être obligé de répondre aux questions d'Alyse… C'était autre chose.

— Ne fais pas cette tête. Je ne vais pas te demander de me confier tes secrets les plus inavouables.

— Je n'ai pas de secrets. Pas trop, en tout cas, répondit-il en s'efforçant de prendre un ton léger.

— Pas de moments embarrassants ? plaisanta-t-elle avec un sourire malicieux.

Elle avait des lèvres pulpeuses et très appétissantes. D'ailleurs, il y avait goûté et elles étaient délicieuses…

— Pas de peurs secrètes ? insista-t-elle.

Il détourna le regard de sa bouche pour se concentrer sur ses yeux. Comment avait-il fait pour ne pas remarquer plus tôt qu'ils étaient aussi splendides ? Chauds et doux, d'un gris-bleu subtil éclairé de paillettes d'or, comme un ciel parsemé d'étoiles. Allons bon, voilà qu'il délirait comme un adolescent rêveur. Des yeux ne pouvaient pas être chauds ni doux. Et que lui prenait-il de les comparer à un ciel étoilé ?

Bon sang, que lui arrivait-il ?

— Des peurs secrètes ? répéta-t-il d'un ton qu'il espérait désinvolte. Non, aucune.

— Oh ! allons, Leo. Tu dois bien avoir au moins un secret.

— Si tu me parlais plutôt de toi ? Le moment le plus embarrassant que tu as vécu, ta plus grande peur secrète ou… je ne sais pas, ton rêve le plus étrange.

Le sourire d'Alyse s'élargit et elle se pencha vers lui avec un air de conspiratrice.

— Je vais te révéler un secret.

— Je t'écoute, répliqua-t-il, soudain en proie à une vive curiosité.

— Ce baiser… tu sais, la photo qui a tout déclenché ?

— Oui.

— Si j'ai refermé la main sur ta nuque, c'est parce que je portais des talons hauts pour la première fois et que j'avais peur de perdre l'équilibre.

Leo resta un instant interdit, puis il éclata de rire. Elle se mit à rire aussi, et il vit du coin de l'œil plusieurs membres du personnel qui les observaient avec des mines ravies.

Ça ferait une bonne photo, songea-t-il. Cette pensée lui fit l'effet d'une douche froide.

— Dire que si tu avais porté des talons plats, nous

ne serions peut-être pas mariés, déclara-t-il d'un ton un peu trop neutre.

— Non, en effet.

Alyse ne riait plus non plus. Ils se regardèrent pendant un moment en silence. Leo eut un pincement au cœur. Leurs fiançailles — leurs vies entières — avaient été déterminées par un incident d'une banalité affligeante. Quelques jours plus tôt, cette pensée ne l'aurait pas perturbé. Il en aurait même apprécié l'ironie. Alors pourquoi aujourd'hui le rendait-elle triste ? Pas seulement pour lui mais pour Alyse. Ses yeux avaient perdu leur éclat et sa bouche avait pris un pli amer. La complicité qu'il y avait entre eux, quelques instants plus tôt, n'était plus qu'un souvenir.

Il grimaça. Il fallait que ça cesse. Il fallait à tout prix qu'il arrête de prendre les choses aussi à cœur. Mais comment ? Il n'en avait même pas vraiment envie…

Alyse se répéta qu'elle ne devrait pas être blessée par la remarque de Leo. Il n'avait rien dit d'autre que la vérité. Une vérité qu'elle connaissait depuis toujours. Certes, mais elle était blessée quand même… Pour masquer son désarroi, elle se leva et se dirigea vers le buffet. Leo la suivit. Lorsqu'ils regagnèrent leur table après s'être servis, elle s'était ressaisie.

— A ton tour, dit-elle d'un ton enjoué en plantant sa fourchette dans un morceau de papaye. Peur secrète, moment embarrassant, rêve étrange : choisis.

— Je n'ai rien à raconter de ce genre, décréta-t-il en rompant un croissant en deux.

Elle roula les yeux.

— Allons, Leo, tu n'es pas un robot ! Tu es un homme avec des sentiments, des pensées, des espoirs, des craintes. Tu es humain. Non ? Ou bien vais-je me retourner dans le lit une nuit et voir une petite clé dans ton dos, comme dans cet épisode de *Docteur Who* avec les poupées meurtrières ?

— Les poupées meurtrières ?

— Tu n'as jamais regardé la série *Docteur Who* ?

— Je ne regarde pas la télévision.

— Alors tu es vraiment un robot, plaisanta-t-elle.

— Zut, tu as découvert mon secret le plus inavouable ! Et moi qui croyais que je cachais bien mon jeu.

Elle pouffa et Leo lui offrit un sourire qui l'emplit de joie. C'était la première fois qu'ils s'amusaient, insouciants. La première fois qu'ils étaient bien ensemble. Et c'était exaltant. Le sourire malicieux de Leo, son ton léger, c'était grisant. Comme une drogue.

— D'accord, dit-elle en prenant une pâtisserie. Pas de peurs secrètes, pas de moments embarrassants, pas de rêves étranges. Des hobbies, peut-être ?

— Des hobbies ? répéta-t-il d'un air perplexe.

— Oui, tu vois à peu près ce que c'est ? Des passe-temps, comme la lecture, le jardinage, la philatélie, le taquina-t-elle.

Il resta silencieux.

— Le tennis ? Le golf ? La poterie ?

— La poterie ? C'est encore pire que le macramé !

— Tu dois bien faire quelque chose pour te détendre, non ?

Il arqua un sourcil narquois.

— Tu me trouves détendu ?

— Maintenant que tu en parles… Je devrais peut-être te faire des suggestions. L'aquarelle ?

Il esquissa un sourire et secoua la tête.

— Je joue aux échecs.

— Les échecs ? J'aurais dû m'en douter.

— Ah bon, pourquoi ?

— C'est un jeu qui demande de la patience et de la rigueur. Tu en as à revendre. De l'une comme de l'autre.

— Je ne suis pas certain que ce soit un compliment, mais je vais faire comme si c'en était un.

— Tu es fort ?

— Moyen.

Ce qui signifiait sans doute qu'il était très fort, déduisit Alyse. Elle réprima un sourire. Elle l'imaginait très bien devant un échiquier, caressant la reine de ses longs doigts et… Stop ! C'était trop tard, hélas : le désir l'avait envahie par surprise. Allons bon, il fallait vraiment qu'elle se calme.

— Tu joues ? demanda-t-il.

— Je suis moyenne, mais sans doute moins que toi.

— J'ignorais qu'il y avait des degrés dans la moyenne.

— Je soupçonne que quand tu te qualifies de « moyen », tu es très en dessous de la vérité.

— Il faudra que nous fassions une partie.

— Tu vas me battre à plate couture, c'est certain.

Mais quelle importance ? La perspective de jouer aux échecs avec Leo était exaltante — celle de faire n'importe quoi avec lui l'était de toute façon. « Tu vois ? eut-elle envie de lancer. Nous sommes amis. Ça marche. »

Il repoussa son assiette.

— Si tu as terminé, je vais demander des masques et des tubas.

Après avoir enfilé des maillots de bain sous leurs vêtements, ils gagnèrent la plage, où les attendait un superbe petit catamaran de plaisance.

— J'ai pensé que ce serait plus agréable de nous éloigner un peu de la côte.

Il s'interrompit et la regarda d'un air inquiet.

— Ça ne te pose pas de problème ? Je sais que certaines personnes ne sont pas à l'aise en mer.

— Non, j'adore faire de la voile, au contraire, répondit Alyse, touchée par sa prévenance.

Tandis que Leo prenait la barre, elle s'allongea au-dessus de l'eau, sur le filet qui reliait les flotteurs. Offrant son visage au soleil, elle poussa un petit soupir d'aise. Pour la première fois depuis des semaines — des mois, même — elle commençait à se détendre un peu. Et c'était fantastique !

Lorsqu'ils furent au large, Leo la rejoignit.

— Tu sembles contente d'être là.

— Très, répondit-elle en souriant. C'est bon d'être loin de tout.

Il s'allongea à côté d'elle sur le filet, les bras repliés derrière la tête.

— La pression médiatique a atteint des sommets ces derniers mois.

— On peut le dire, acquiesça-t-elle. Les journalistes cherchaient frénétiquement des failles dans ma vie, celle de mes parents et même celle de mes amis.

— Je suis désolé.

— Je savais ce qui m'attendait quand j'ai accepté les fiançailles.

— Ça ne rend pas les choses plus agréables.

— Non. Toi, tu vis avec cette pression depuis toujours, n'est-ce pas ?

Leo se raidit un peu.

— En effet.

Il se leva et rapporta les palmes et les masques.

— J'ai jeté l'ancre et j'ai apporté le matériel. Nous pouvons nous baigner.

Il enleva son T-shirt et son short. Alyse en fit autant, de nouveau très consciente que son deux-pièces était ridiculement minuscule. Malheureusement, elle n'en avait pas trouvé un seul qui soit plus convenable dans ses bagages.

Elle leva les yeux et rosit sous le regard étincelant de Leo.

— Tes maillots de bain sont à la limite de l'indécence, déclara-t-il.

Curieusement, sa gêne n'empêcha pas son corps de s'enflammer.

— Désolée. Ce n'est pas moi qui les ai choisis.

— Inutile de t'excuser. Je les trouve très bien.

Il lui tendit une paire de palmes.

— Comment se fait-il que ce ne soit pas toi qui les aies choisis ?

— Tous mes vêtements sont sélectionnés par des stylistes.

— On ne te demande jamais ton avis ? s'étonna Leo.

Elle haussa les épaules.

— Je suppose que j'aurais pu le donner, mais…

Elle n'avait jamais osé contredire l'armée de stylistes et d'esthéticiennes de la reine Sophia, qui semblaient savoir beaucoup mieux qu'elle ce qui lui convenait et n'avaient jamais jugé utile de la consulter. A dix-huit ans, elle était beaucoup trop impressionnée pour exprimer la moindre opinion. Puis, au fil des années, s'imposer était devenu de plus en plus difficile.

— J'ignorais que tu n'avais pas ton mot à dire. Je suppose que ma mère peut être très intimidante.

— C'est le moins qu'on puisse dire, approuva-t-elle d'un ton léger.

Leo plissa le front.

— Tu étais très jeune quand nous nous sommes fiancés. Jeune et surprotégée.

Leo secoua la tête avant de reprendre :

— Je sais que mes parents peuvent être très… persuasifs. Et plus l'intérêt des médias augmentait, plus tu devais avoir l'impression d'être prise dans un engrenage.

— Par moments, j'avais un peu le vertige, en effet. Mais je savais ce que je faisais, Leo. Je n'avais que dix-huit ans, ce qui ne m'empêchait pas de savoir ce que je voulais.

Mieux valait éviter de préciser que ce qu'elle avait toujours voulu, c'était lui… Comment avouer à un homme qui refusait de croire à l'amour qu'elle était amoureuse de lui depuis toujours ?

Avec une désinvolture délibérée, elle mit son masque et posa les poings sur les hanches.

— De quoi ai-je l'air ? Je pense que personne ne peut être pris au sérieux avec un masque et des palmes.

— Tout à fait, répliqua Leo avec un sourire malicieux. Mais c'est bien utile pour ce qu'on veut faire. Tu es prête ?

Elle hocha la tête et ils s'assirent sur un flotteur. Leo se laissa glisser dans l'eau, puis il referma les mains sur sa taille pour la soulever. Au contact de ses doigts sur sa peau, Alyse fut électrisée. Elle mourait d'envie d'arracher leurs masques et d'oublier tout ce qui n'était pas ce feu qui la consumait depuis si longtemps. Leur amitié naissante lui était déjà précieuse, mais elle voulait que Leo devienne son amant.

Dès qu'elle fut dans l'eau, il la lâcha et ils s'éloignèrent du bateau. Alyse plongea le visage sous la surface et un monde merveilleux se déploya sous ses yeux. Un paysage fantastique d'algues et de coraux, parmi lesquels filaient comme des flèches des poissons de toutes couleurs et de toutes tailles. Des bancs de petits poissons à rayures noires et jaunes, un gros poisson bleu solitaire, un autre qui semblait changer de couleur à chaque mouvement…

Au bout de quelques minutes, elle sortit la tête de l'eau. Aussitôt, Leo en fit autant et enleva son masque. Il la regarda d'un air inquiet.

— Ça va ?

— Je suis éblouie ! Je n'ai jamais vu autant de poissons. Et ils sont tous magnifiques.

— Tu veux continuer ?

— Bien sûr !

Ils admirèrent les fonds pendant plus d'une heure, se montrant mutuellement les poissons les plus spectaculaires. A un moment, Leo prit Alyse par la main pour l'entraîner vers une anfractuosité au fond de laquelle était niché un poulpe.

Lorsqu'ils rejoignirent le bateau, tous deux étaient affamés et fatigués.

— J'avais demandé qu'on nous prépare un pique-nique, annonça Leo.

Alyse s'installa sur le filet central pour se sécher au soleil. Leo descendit dans la petite cabine et revint avec un panier en osier. Il commença à en étaler le contenu sur une couverture.

— Champagne et fraises ? constata-t-elle C'est un festin très romantique.

— Tu t'attendais à autre chose ?

— Tu n'en as jamais assez de faire semblant ?

Il déboucha la bouteille de champagne.

— Si. Comme toi, je suppose.

— Pourquoi as-tu accepté ce mariage, Leo ? Etait-ce vraiment juste pour améliorer l'image de ton pays ?

— Cela ne te paraît pas une raison suffisante ? demanda-t-il, le visage impénétrable.

— Un immense sacrifice, plutôt.

— Pas plus grand que le tien.

Terrain glissant, songea Alyse. Il risquait de lui redemander pourquoi elle avait accepté de se fiancer avec lui. Or, elle n'avait aucune envie de lui répondre.

— Maldinia est si important pour toi ?

— C'est tout pour moi.

Elle eut un pincement au cœur. Voilà qui ne laissait pas beaucoup de place pour autre chose !

— On t'a préparé à devenir roi dès ta naissance, je suppose.

Alyse nota que les doigts de Leo se crispaient imperceptiblement autour de la bouteille. Il servit le champagne avant de lâcher :

— Plus ou moins.

Elle comprit alors qu'il lui cachait quelque chose. Quelque chose d'important. Peut-être avait-il des secrets, finalement. Comme elle…

— Encore un toast ? ironisa-t-elle lorsqu'il lui tendit une flûte. Nous buvons beaucoup de champagne, ces derniers temps.

Il eut une moue de dérision.

— Le cliché romantique par excellence… Si nous portions un toast à l'amitié ?

Le cœur d'Alyse fit un petit bond dans sa poitrine.

— Tu as changé d'avis ?

— Oui.

— Alors à l'amitié !

Ils trinquèrent, puis ils burent les yeux dans les yeux. Ceux de son mari brillaient d'un éclat qui enflamma immédiatement Alyse.

— Qu'y a-t-il à manger à part des fraises ? demanda-t-elle pour masquer son trouble.

— Des tas de choses, dit-il en lui préparant une assiette. Tu ne vas pas mourir de faim.

Certes, mais elle avait faim d'autre chose. Leo la désirait, elle en avait eu la preuve quand il l'avait embrassée, la veille, sur la plage. Malheureusement, elle n'était pas encore assez sûre d'elle pour prendre l'initiative. Si elle s'écoutait, elle écarterait les assiettes, les flûtes, le panier et se jetterait sur lui…

— Tu ne manges pas ?

Elle tressaillit sous le regard brûlant de Leo. Devinait-il la nature de ses pensées ? Elle mit quelque chose dans sa bouche sans regarder ce que c'était. Le goût sucré la surprit. Elle avait mordu dans une banane plantain frite dans du jus d'orange.

— C'est bon, non ? fit Leo d'une voix rauque.

Son désir pour elle était si perceptible que c'en était enivrant. Sans savoir comment, Alyse parvint à manger presque tout le contenu de son assiette. Chacun des regards brûlants de Leo, chacun de ses petits sourires sexy la rendaient plus sensible au goût de la nourriture, à la chaleur du soleil, au feu qui courait dans tout son corps.

Bientôt, il ne resta plus que les fraises et le champagne.

— Il n'y a qu'une seule manière de manger les fraises, décréta Leo.

Il en trempa une dans sa flûte, puis il l'approcha des lèvres d'Alyse. Le souffle court, elle ouvrit la bouche et mordit dedans. C'était délicieux, mais rien n'était plus grisant que l'éclat des yeux marine fixés sur elle… Du jus de fraise mêlé de champagne coula sur son menton. Des étincelles jaillirent dans les yeux de Leo tandis qu'il recueillait la goutte du bout du pouce, qu'il lécha.

Alyse fut parcourue d'un long frisson. Puis, enhardie, elle prit à son tour une fraise et la trempa dans sa flûte. Leo ouvrit la bouche. Avec des doigts tremblants, elle approcha le fruit des lèvres de son compagnon. Il mordit dedans en plongeant le regard dans le sien. Une vive chaleur la submergea. Il effleura ses doigts du bout des lèvres, puis lapa une goutte de jus qui avait coulé sur son poignet.

Electrisée, elle réprima un gémissement.

— Leo…

Il écarta les restes de leur pique-nique, renversant le champagne et les fraises. Il referma les mains sur ses épaules et sa bouche s'empara de la sienne avec avidité. Un feu d'artifice de sensations se déclencha en elle. Alyse répondit à son baiser avec ardeur, en caressant la peau chaude et satinée de ses épaules et de son dos.

La bouche de Leo quitta la sienne pour parsemer sa mâchoire et son cou de baisers, tandis qu'une de ses mains se refermait sur un sein à peine couvert par le fin tissu de son maillot de bain. Cette fois elle ne parvint pas à réprimer le gémissement qui s'échappa de sa gorge. Aussitôt, Leo s'écarta d'elle.

— Je suis désolé, murmura-t-il en écartant des mèches de cheveux de son visage. Je me conduis comme un adolescent impatient et tu mérites mieux que ça.

Elle cligna les yeux, tout étourdie par les sensations qui continuaient de la faire vibrer. Leo eut un petit sourire contrit.

— Je ne veux pas que pour ta première fois, nous

fassions ça à la va-vite sur un trampoline de catamaran. Je ne suis pas insensible à ce point.

Alyse sentit un grand froid l'envahir. « Ta » première fois. Pas « notre ».

De toute évidence, Leo la croyait vierge…

7.

Leo vit une ombre passer sur le visage d'Alyse. Elle se raidit dans ses bras.

— Que se passe-t-il ? Qu'est-ce qui ne va pas ?

Elle secoua la tête.

— Rien.

Il lui prit le menton.

— Je ne te crois pas.

Elle détourna les yeux.

— Rien dont il vaille la peine de parler maintenant.

Si elle avait voulu prendre un ton léger, elle avait échoué… Leo lui lâcha le menton et l'observa pensivement. Elle fuyait toujours son regard.

— Tu es nerveuse à cause de ce qui va se passer entre nous ?

Elle le regarda enfin, une lueur malicieuse dans les yeux.

— Ce n'est pas la peine de prendre des gants pour en parler.

Il sourit à son tour.

— Alors je vais être direct : j'ai envie de toi, Alyse. Je meurs d'envie de te toucher, de t'embrasser, d'être en toi. Et je ne veux pas attendre très longtemps.

Des flammèches de désir scintillèrent dans les yeux gris-bleu de sa compagne, leur donnant des reflets argentés. Mais elle les détourna aussitôt.

— C'est très direct, en effet.

— Je vais l'être encore plus : je pense que tu en as autant envie que moi.

Il cala une mèche folle derrière son oreille, incapable de résister à la tentation d'effleurer sa peau. Elle frissonna sous ses doigts.

— Ce n'est pas vrai ?

— Si, murmura-t-elle.

Mais son regard restait fuyant… Bon sang, que se passait-il ? Au comble de la frustration, Leo lui reprit le menton pour l'obliger à le fixer.

— Je veux te faire l'amour, dit-il d'une voix vibrant de désir et d'émotion, qu'il ne reconnut pas. Mais pas ici, sur ce filet. Dans notre lit.

Les yeux d'Alyse s'écarquillèrent. Visiblement, elle était surprise… Soudain, Leo prit conscience de ce qu'il venait de dire. « Faire l'amour. » C'était une expression qu'il n'employait jamais. Le sexe n'avait rien à voir avec l'amour, un sentiment qui de toute façon n'existait pas. Mais il avait employé le terme et ça n'avait pas échappé à Alyse. Qu'en avait-elle déduit ? Et pourquoi avait-il dit ça ? Que lui arrivait-il ?

Une bouffée de panique le submergea. Voilà ce qui arrivait quand on se laissait approcher de trop près par quelqu'un. Au diable l'amitié !

Il lâcha le menton d'Alyse et se leva.

— Il faut que nous rentrions.

Il leva l'ancre. Comment faire pour reprendre ses distances ? Il trouverait un moyen. Il le fallait. Cette amitié, il en avait par-dessus la tête.

Installée sur le filet, Alyse regardait Leo manœuvrer. De toute évidence, il était tendu à l'extrême. Elle avait lu de la panique dans ses yeux lorsqu'il avait dit cette expression révélatrice : faire l'amour.

Or, ce qu'il éprouvait pour elle n'était pas de l'amour, mais du désir. Alors pourquoi avait-il prononcé ces mots ? Avait-il juste employé une expression courante qui l'avait alarmé quand il s'était entendu la prononcer ? Ou bien, l'espace d'un instant, avait-il ressenti autre chose qu'une envie sexuelle ? Ce qui ne pouvait qu'alarmer bien davantage encore son époux au cœur de glace.

Etait-elle stupide de penser qu'il venait peut-être de faire un lapsus révélateur ? Elle avait tendance à interpréter ses sourires et ses regards, à leur donner plus d'importance qu'ils n'en avaient en réalité. Etait-elle en train de commettre une fois de plus cette erreur ? En tout cas, elle ne pouvait pas s'empêcher de s'interroger. Et d'espérer…

Cependant, elle avait elle-même des raisons de s'alarmer. Comment réagirait Leo quand elle lui avouerait qu'elle n'était pas vierge ? Alyse remonta les genoux sur sa poitrine et fixa l'horizon, l'estomac noué. Elle avait occulté son unique expérience sexuelle. Une erreur qu'elle regrettait au point de faire comme si elle ne l'avait jamais commise.

Mais les princesses — les futures reines — étaient censées être vierges, et elle ne l'était pas. Au XXIe siècle, était-ce vraiment si important ?

Ça l'était sans doute pour quelqu'un comme la reine Sophia qui, malgré ses origines roturières, se cramponnait aux traditions comme si elle descendait d'une longue lignée de monarques. C'était sans doute important pour le roi Alessandro également, mais elle s'en moquait. Le seul qui comptait c'était Leo.

Serait-il déçu de ne pas être son premier amant ? Son estomac se noua de plus belle. Elle n'avait aucune envie de le décevoir, encore moins de déclencher sa colère. Pourtant, il faudrait bien le lui dire ; et avant cette nuit…

Ils n'échangèrent plus un mot jusqu'à leur retour dans la crique où se situait leur case, et ne se parlèrent que pour se mettre d'accord sur l'heure du dîner. C'était la fin de l'après-midi et le soleil commençait déjà à descendre vers l'horizon.

Alyse prit une douche dans la seconde salle de bains. Que lui réservaient les prochaines heures ? Quelque chose était né entre Leo et elle. De l'amitié, et peut-être même quelque chose de plus ; jusqu'à ce qu'il soit pris de panique.

Pourraient-ils retrouver à la fois la complicité et la passion qui les avaient rapprochés cet après-midi ? Et si son aveu gâchait tout ? « Cette histoire n'a aucune importance, se dit-elle fermement. Leo a beau être prince, c'est un homme moderne. » Malgré tout, elle ne parvenait pas à se débarrasser de l'anxiété qui la taraudait.

Lorsque Leo sortit de la douche, les cheveux mouillés et vêtu d'une chemise bleue qui mettait ses yeux en valeur, le personnel dressait la table sur la plage pour un autre dîner romantique. Alyse avait mis une autre de ses robes sélectionnées par les stylistes. En soie mauve, avec un décolleté plongeant, elle était pincée à la taille, puis tombait en plis amples jusqu'à ses genoux. Nu-pieds, les cheveux lâchés sur ses épaules, elle n'était pas maquillée. A quoi bon mettre de l'eye-liner ou du rouge à lèvres pour dîner sur la plage ?

A en juger par sa moue admirative, Leo approuvait sa tenue. Son désir était palpable. Cependant, il semblait distant.

Il lui prit la main sans un mot pour la conduire jusqu'à leur table. Elle réprima un frisson, plus troublée que jamais par le contact de leurs épidermes.

— Qu'allons-nous faire, demain ? demanda-t-elle d'un ton enjoué, alors qu'ils entamaient le hors-d'œuvre — des tranches de melon servies avec du carpaccio. Une promenade dans l'île ?

Pas question de laisser son partenaire se réfugier dans le silence, malgré sa détermination manifeste à ne pas desserrer les dents.

— Demain, je dois travailler.

Elle dut faire un effort surhumain pour masquer sa déception.

— Travailler ? Mais tu es en voyage de noces, Leo.

Il la foudroya du regard.

— J'ai des responsabilités.

— Et que va penser le personnel si tu ignores ton épouse dès le deuxième jour de la lune de miel ?

— Je suis sûr qu'ils comprendront. Etre « amoureux », comme nous sommes censés l'être, ne veut pas dire vivre collés l'un à l'autre. Les six dernières années l'ont prouvé. Nous avons passé très peu de temps ensemble et ça n'a empêché personne de croire que nous étions follement épris l'un de l'autre.

Alyse resta silencieuse. Ce n'était pas tout à fait vrai. Les médias n'avaient pas seulement exalté leur grande histoire d'amour. Certains avaient cherché la faille. Ils avaient publié des photos et émis des hypothèses. Elle gardait un souvenir amer d'un gros titre, quelques années auparavant : « Leo amoureux de Liana, la fille du duc ? » Elle en avait été profondément blessée. Et elle s'était demandé si tous ces articles perfides ne contenaient pas une part de vérité.

— J'en suis consciente, finit-elle par répliquer lorsqu'elle fut capable de parler d'une voix égale. Mais nous sommes ici pour notre lune de miel.

— Je te rappelle que comme tout le reste, cette lune de miel est une comédie.

— Je ne l'ai pas oublié.

Alyse observa Leo, une boule d'angoisse dans la gorge. Il avait retrouvé son impassibilité habituelle. Toute trace d'humour et de joie avait disparu de son visage. Ils avaient passé de si bons moments ensemble, aujourd'hui… Comment avaient-ils pu revenir au point de départ en si peu de temps ? Et pourquoi ? Uniquement parce que Leo avait prononcé sans le vouloir le mot « amour » sur le bateau ? Aurait-il peur ? Cela paraissait ridicule. Il était toujours si sûr de lui ! Et pourtant, elle ne voyait pas d'autre explication à son brusque changement d'humeur : la complicité qui s'était installée entre eux l'avait effrayé.

A cette pensée, Alyse retrouva un peu d'espoir. La peur valait mieux que l'indifférence. Mais pour l'instant, mieux valait ne pas insister.

— Très bien, reprit-elle alors d'un ton léger. Je devrais trouver facilement de quoi m'occuper pendant une journée.

Une lueur de surprise éclaira furtivement les yeux de Leo. De toute évidence il ne s'attendait pas à une capitulation aussi rapide.

— A quoi dois-tu travailler ? s'enquit-elle.

Cette fois, ce fut l'embarras qui se peignit sur les traits de Leo. Réprimant un sourire, Alyse ajouta :

— Tu travailles sur le projet de l'internet haut débit ?

— Juste de la paperasse en retard, éluda-t-il.

Sur ce sujet, par contre, elle pouvait se permettre d'insister. C'était même une excellente stratégie de mettre Leo face à ses contradictions.

— Vas-tu soumettre le projet au Conseil ? C'est la procédure dans une monarchie constitutionnelle, n'est-ce pas ?

— Oui. J'espère pouvoir présenter ce projet. Mais pour mon père, ce n'est pas une priorité.

— Pourquoi ?

Leo haussa les épaules.

— Les avantages personnels liés à son statut de souverain l'intéressent beaucoup plus que les responsabilités qu'il implique.

— Mais toi, tu n'es pas comme lui.

— Je l'espère.

— J'en suis certaine.

A sa grande joie, un sourire surpris étira brièvement les lèvres de son mari.

— J'espère que je serai à ta hauteur en tant que reine, ajouta-t-elle avec sincérité. Je veux te faire honneur, Leo.

— C'est déjà le cas. Que le public soit tombé amoureux

de toi il y a six ans est une bénédiction pour le royaume. Tu es mieux placée que personne pour connaître l'impact de cette photo.

— Oui, mais je veux être encore plus utile. Je ne veux pas me contenter de sourire et de serrer des mains.

— Je te comprends. Mais il ne faut pas minimiser l'importance des sourires et des bains de foule. C'est déjà beaucoup plus que ce qu'ont fait mes parents.

— Vraiment ?

— S'ils tenaient tellement à nos fiançailles, c'était parce qu'ils avaient gravement discrédité la monarchie, expliqua Leo en prenant une tranche de carpaccio d'un geste nerveux.

— Comment ?

Il soupira.

— Des liaisons multiples étalées au grand jour, des dépenses excessives, une indifférence suprême vis-à-vis du peuple. Il est difficile de dire quel aspect de leur vie a été le plus préjudiciable au royaume.

— Tu n'as pas dû avoir une enfance très heureuse, dans cet environnement.

— Je n'étais pas avec eux. Je suis parti en pension à l'âge de six ans.

— Six ans ? s'exclama Alyse, ébahie.

— Ça m'était égal.

Leo appela d'un geste un serveur qui venait d'apparaître au bout de la plage. Alyse comprit à son expression qu'il en avait assez de cette conversation. Du moins lui avait-il un peu parlé de sa vie. Bien davantage qu'il ne l'avait fait jusqu'à ce jour.

Leo ne décolérait pas contre lui-même. Que lui avait-il pris de lui raconter tout ça ? Comment diable Alyse s'y prenait-elle pour le faire parler de lui ? Il avait pourtant pris l'habitude très tôt de ne jamais se confier à personne. Il ne parlait jamais de ses parents, de lui-même, ni de rien du tout. C'était son choix et il s'en était toujours félicité. Et malgré cela, chaque fois qu'il se laissait aller à parler avec Alyse, il y prenait un certain plaisir. Dire qu'il avait décidé de la tenir de nouveau à distance !

Il serra les dents, exaspéré. Cette fois, c'était terminé. Plus d'amitié. Plus de conversations. Il n'attendait qu'une seule chose d'Alyse et il allait l'avoir. Ce soir.

Au cours du repas, sa jeune épouse tenta à plusieurs reprises de relancer la conversation. Leo resta courtois, mais se contenta de réponses laconiques. Malgré tout, elle ne renonçait pas. Comment ne pas admirer sa détermination ? Mais il était au moins aussi déterminé qu'elle…

La lune s'était levée, faisant miroiter la mer sous ses rayons argentés. Le serveur leur apporta deux minuscules verres à liqueur et un plat de petits fours, puis il s'éclipsa de nouveau.

Autour d'eux la nuit était calme. Seul le bruissement des vagues sur le sable troublait le silence. Dans la douce lumière, avec ses cheveux flottant sur ses épaules et ses prunelles gris-bleu brillantes, Alyse était d'une beauté troublante.

Assailli par une bouffée de désir, Leo but une gorgée de liqueur. Il avait envie de sa femme. Et il l'aurait. Dès ce soir.

Mais ça n'aurait rien à voir avec faire l'amour.

Ils restèrent silencieux encore un moment, sirotant leurs liqueurs, puis Leo posa son verre d'un geste décidé.

— Il se fait tard.

Alyse écarquilla les yeux, intimidée par ce qui allait suivre sans doute. Il se leva en souriant et lui tendit la main. Elle la prit et se leva à son tour. Ses doigts fins lui semblèrent fragiles entre les siens tandis qu'il l'entraînait vers leur case.

Pendant qu'ils dînaient, une femme de chambre avait préparé celle-ci pour la nuit. Les draps avaient été rabattus et des bougies allumées de chaque côté du lit. Les flammes vacillantes faisaient danser des ombres dans la pièce.

Un décor romantique, destiné à l'amour. Leo s'empressa de chasser cette pensée absurde de son esprit. Il s'immobilisa à côté du lit et posa les mains sur les épaules d'Alyse pour la faire pivoter vers lui. Elle tressaillit. De désir ou de nervosité ? se demanda-t-il. Les deux, peut-être. Il ne fallait surtout pas brusquer les choses. Même s'il avait toutes les peines du monde à contenir la faim qu'il avait d'elle.

Il fit glisser ses mains jusqu'aux joues de la jeune femme et suivit du bout des pouces les contours de sa mâchoire.

— Ne sois pas nerveuse, murmura-t-il d'une voix douce.

Il n'était pas question de faire du sentiment, mais il voulait quand même la rassurer.

— Je ne suis pas nerveuse, répliqua-t-elle d'une voix mal assurée en détournant les yeux.

Leo déposa un baiser furtif sur sa joue, puis posa les lèvres sur les siennes, qu'il lécha du bout de la langue. Alyse lui offrit aussitôt sa bouche et noua les bras derrière sa nuque quand il l'attira contre lui. Grisé par l'abandon de son corps souple et chaud contre le sien, il approfondit son baiser et laissa courir les mains sur les épaules puis sur les hanches de sa partenaire. Il pressa le bassin contre son ventre afin qu'elle perçoive la puissance de son érection. Le frisson qui parcourut sa femme exacerba son désir.

Lentement, il fit tomber les bretelles de la robe sur ses épaules. Elle resta immobile, le regard rivé au sien, tandis qu'il descendait la fermeture Eclair dans son dos. La robe tomba en flaque à ses pieds, dévoilant un soutien-gorge et une culotte de dentelle blanche aussi minuscules l'un que l'autre.

Ebloui, il la dévora du regard, puis il posa une main

sur son épaule et fit courir les doigts le long de son bras. Il perçut sa chair de poule.

— Tu as froid ?

— Non.

Il effleura du bout du pouce la pointe durcie de son sein. Le petit gémissement étranglé qui s'échappa de la gorge d'Alyse le remplit d'une joie triomphante.

— Je sais que c'est nouveau pour toi, commença-t-il à mi-voix.

Il s'interrompit en découvrant une lueur inquiète dans les yeux gris-bleu de sa compagne. Il lui sourit avant de déposer un baiser sur son front, puis sur ses lèvres. Il dégrafa ensuite son soutien-gorge et l'en débarrassa.

— Et toi ? demanda-t-elle d'une voix mal assurée.

— Quoi moi ?

— Tu as encore tous tes vêtements.

Il rit doucement.

— Si tu t'en occupais ?

Alyse entreprit de déboutonner sa chemise, en lui effleurant la peau au passage. Il s'efforça de rester impassible malgré l'excitation qui lui faisait bouillir le sang. Lorsqu'elle eut fini, elle lui enleva le vêtement tout en promenant sur lui un regard avide qui acheva de l'enflammer.

Il lâcha un soupir rauque alors qu'elle lui caressait le torse. Ses doigts descendirent peu à peu, et l'effrontée finit par les glisser sous la ceinture de son pantalon avec un sourire malicieux. Elle ouvrit sa braguette de l'autre main, puis effleura son sexe tendu.

— Alyse…, haleta-t-il.

— Tu l'as bien mérité, murmura-t-elle avec un rire tremblant.

Bon sang, il fallait l'arrêter avant qu'il ne soit trop tard ! Il repoussa les mains de sa femme et attira celle-ci contre lui. Il l'embrassa avec une passion sauvage qu'il ne se connaissait pas. Elle noua les bras autour de son cou et lui répondit avec la même ardeur. Les dernières bribes de sang-froid l'abandonnèrent.

Il n'avait jamais rien ressenti de tel.

Aucune femme ne lui avait fait un effet aussi dévastateur…

Etourdie par l'intensité érotique de ces instants magiques, Alyse se laissa entraîner vers le lit. Dès que Leo lui avait tendu la main à la fin du dîner, elle avait cherché la meilleure façon de lui dire qu'elle n'était plus vierge. Il était visiblement persuadé du contraire et il fallait à tout prix le prévenir avant qu'il ne le découvre lui-même. Malheureusement, elle n'avait pas trouvé les mots. Et depuis qu'il l'avait embrassée, déshabillée, caressée, elle n'était plus du tout en état de réfléchir.

Elle se retrouva allongée sur le lit, dans les bras de Leo. Ils étaient nus tous les deux. Il lui avait enlevé sa culotte et avait fini de se déshabiller, mais tout s'était passé si vite qu'elle n'en gardait aucun souvenir. Pourtant, elle avait l'impression d'attendre ce moment depuis toujours…

Et elle ne lui avait toujours rien dit ! Mais peut-être ne s'apercevrait-il de rien, songea-t-elle confusément, tandis qu'il se penchait sur un de ses seins. Peut-être pouvait-elle attendre… Il lécha le bourgeon durci du bout de la langue et elle enfonça les ongles dans ses épaules en gémissant.

Après… Elle lui dirait après…

La main de Leo se glissa entre ses cuisses. Du bout des doigts, il effleura son sexe, lui arrachant un nouveau gémissement.

— Tu es belle…

Il parsema son cou de baisers, tout en caressant son intimité avec une habileté diabolique.

— Tu es magnifique…

— Toi aussi, répliqua-t-elle d'une voix hachée.

Tout en continuant à caresser son clitoris, Leo enfonça un doigt en elle. Criblée de mille petites flèches de plaisir, Alyse poussa un long gémissement modulé. Tandis qu'il approfondissait encore ses gâteries, elle se mit à onduler des hanches, les doigts crispés sur ses épaules. Il finit par rouler sur elle et cala sa virilité impérieuse entre ses jambes. Elle creusa les reins, si impatiente de l'accueillir qu'elle en tremblait.

— Ça risque de te faire un peu mal, murmura-t-il à son oreille.

Elle ferma les yeux, écrasée de honte. Impossible de lui mentir, même par omission. Elle ne pouvait pas s'y résoudre.

— Non, Leo, ça ne risque pas de me faire mal. Je… Je ne suis pas vierge.

Il se figea. L'extrémité de son sexe tendu frôlait le sien. Il suffirait de presque rien pour qu'il la pénètre… Elle creusa encore les reins. Il ne bougea pas. Elle faillit pleurer de frustration.

Jurant à mi-voix, il s'écarta d'elle.

— Tu choisis bien ton moment pour me l'annoncer.

— Je… Je ne savais pas comment te le dire.

Leo roula sur le dos et fixa le plafond, le souffle court.

— De toute évidence, c'est un mauvais souvenir, dit-il au bout d'un moment. Tu devais être très jeune.

— C'est un mauvais souvenir, en effet.

Alyse inspira profondément.

— Mais je n'étais pas si jeune que ça, poursuivit-elle, la gorge serrée. J'avais vingt ans.

Leo se raidit à côté d'elle. Puis il tourna la tête pour la fixer. La froideur de son regard lui serra le cœur.

— Vingt ans ?

— Oui. C'était à l'Université.

— Tu as couché avec quelqu'un à l'Université ? répéta-t-il d'un ton incrédule.

— Oui… Mais sommes-nous vraiment obligés d'entrer dans les détails ?

— Je ne trouve pas cette conversation particulièrement plaisante, moi non plus.

Leo se redressa et ramassa son caleçon par terre. Au comble de la frustration, Alyse serra le drap contre sa poitrine, oppressée.

— Je suis désolée. J'aurais sans doute dû te le dire plus tôt, mais nous n'avons jamais eu de discussions intimes. Et très franchement, j'avais surtout envie d'oublier cette expérience. Ce n'est pas une excuse, je sais mais…

Sans un mot, il enfila son caleçon et se leva.

— Tu es… en colère ? Parce que je ne suis pas vierge ?

Il eut un petit rire amer et ramassa sa chemise avant de se tourner vers elle. Il était redevenu l'homme froid et distant qui la désespérait. Mais c'était encore pire qu'avant, parce qu'elle savait désormais que son visage pouvait s'éclairer d'un sourire et que ses yeux pouvaient pétiller de malice — ou étinceler de désir…

— Tu crois que je suis en colère parce que tu n'es plus vierge ?

— Eh bien… oui.

Il secoua la tête d'un air méprisant.

— Ce serait malvenu, étant donné que je ne le suis plus non plus.

Elle écarquilla les yeux, stupéfaite.

— Je m'en doute. Mais en général, on considère que pour les hommes ce n'est pas la même chose, non ? Et puis pour une princesse…

— Ça n'a rien à voir avec le statut de princesse, coupa-t-il sèchement en enfilant son pantalon. Et je ne suis pas sexiste. Si je suis en colère, ce n'est pas parce que tu as déjà couché avec un homme. C'est parce que tu l'as fait alors que tu étais fiancée avec moi.

Avant qu'elle ait le temps de prendre conscience de ce qu'il venait de dire, il sortit dans la nuit.

8.

Leo s'éloigna à grands pas sur la plage. Comme la veille au soir, il n'avait nulle part où aller. Il en avait plein le dos de cette île. Plein le dos d'Alyse. Et plein le dos de lui-même. Pourquoi était-il aussi affecté par ce qu'elle venait de lui révéler ?

Il ne se sentait pas seulement trahi, il était blessé. Et cette réaction ridicule le mettait hors de lui. Non seulement l'histoire d'Alyse datait de plusieurs années, mais leurs fiançailles n'étaient qu'une comédie ; ils ne s'étaient jamais aimés. Alors quelle importance si elle en avait aimé un autre ? Si elle s'était donnée à un autre ? Au pire, il devrait être surpris, un peu contrarié à la limite, mais blessé à ce point !

— Leo ?

Il se retourna. Alyse était sur le seuil de la case, vêtue d'une de ses chemises de nuit vaporeuses. Sa silhouette s'encadrait dans l'embrasure de la porte, éclairée par la lueur des bougies. Une silhouette svelte mais non dépourvue de courbes sensuelles, dont ses paumes gardaient un souvenir très précis… Il détourna la tête.

— S'il te plaît, ne t'en va pas, dit-elle d'une voix suppliante qui le bouleversa malgré lui. Parle-moi.

Il resta silencieux. Il n'avait aucune envie de lui parler. Aucune envie de lui expliquer ce qu'il ressentait. D'autant plus qu'il n'était pas sûr de le comprendre lui-même.

— S'il te plaît, Leo.

Sans un mot, il regagna la case en se gardant de

poser les yeux sur le spectacle qu'offrait Alyse dans sa chemise de nuit affriolante. Très bien. Ils allaient discuter, puisqu'elle y tenait. Elle pourrait lui donner tous les détails graveleux, il l'écouterait. Mais ensuite, il prendrait de nouveau ses distances. Définitivement. Plus question d'amitié. Il disposerait de son corps pour satisfaire sa libido et il tirerait parti de sa popularité pour renforcer la monarchie de son pays. Rien d'autre. Ce qui était prévu au départ, en somme.

Debout à côté du lit, elle aurait aussi bien pu être nue. A la lueur des bougies, son corps apparaissait par transparence sous sa nuisette. Malgré tous ses efforts, le regard de Leo était irrésistiblement attiré par les rondeurs qui semblaient le narguer, et sa virilité ne trouvait pas le repos. Dire qu'il avait été tout près de se perdre en elle…

— Je sais que j'aurais dû t'en parler avant, cet après-midi par exemple, dit-elle à voix basse. Mais je n'ai pas eu le courage d'aborder le sujet. Je ne voulais pas gâcher ce qu'il y avait entre nous…

— Il n'y avait rien entre nous, coupa-t-il d'un ton cassant.

Trop cassant. Sa voix était trop forte et elle vibrait d'une émotion palpable… Leo crispa la mâchoire, furieux contre lui-même. Alyse le dévisageait d'un air consterné.

— S'il te plaît, ne dis pas ça.

— Je savais que ça se passerait ainsi, poursuivit-il, implacable. Une journée de détente ensemble et tu bâtis déjà des châteaux en Espagne. L'amitié ne t'aurait jamais suffi.

La souffrance déforma brièvement le visage d'Alyse, mais elle releva le menton et réussit à accrocher un sourire à ses lèvres. A son grand dam, Leo fut ému par sa dignité. Il ne voulait pas être ému, bon sang !

— Peut-être pas, reconnut-elle d'une voix très calme. Et je reconnais que j'ai tendance à bâtir ce genre de châteaux. Surtout depuis que je t'ai rencontré.

Il se figea, craignant le pire.

— De quoi parles-tu ?

Elle prit une profonde inspiration.

— Je t'aime depuis que je t'ai rencontré. Depuis le jour de mes dix-huit ans.

Dans les yeux de Leo, la stupéfaction laissa très vite place à la colère. Effondrée, Alyse comprit qu'une fois de plus, elle avait très mal choisi son moment. Elle n'aurait pas dû lui dire maintenant. Ni jamais. Mais comment aurait-elle pu garder ce secret plus longtemps ? Comment lui faire comprendre ce qui l'avait poussée dans les bras d'un autre homme — malheureuse expérience d'une nuit — s'il ignorait à quel point elle l'aimait ?

— Alors tu m'aimes ?… lâcha-t-il, sarcastique.

— Oui. Je suis tombée amoureuse de toi à mon anniversaire…

Il arqua un sourcil narquois.

— Tu es tombée amoureuse de ma façon de danser ? Ou de ma façon de boire du champagne ?

— Je suis juste tombée amoureuse de toi. Je ne peux pas l'expliquer. Crois-moi, j'ai tenté plus d'une fois de me l'expliquer à moi-même.

— Une grande énigme, ironisa-t-il avec un mépris flagrant.

Seigneur, il ne la croyait pas… Elle ne s'attendait pas du tout à ça. Elle pensait qu'il serait surpris, bien sûr. Peut-être horrifié. Mais incrédule ?

— Pourquoi crois-tu que j'aie accepté de me fiancer avec toi ?

— Pas parce que tu m'aimais en tout cas !

— Je ne pouvais pas imaginer la vie sans toi. Et je savais, bien sûr, que tu ne m'aimais pas. Mais j'espérais, comme l'a dit ton père, que l'amour, ou au moins l'affection, naîtrait avec le temps. C'est pour ça que je ne suis jamais revenue sur mon engagement. Parce que j'espérais…

— Et c'est cet espoir qui t'a conduite dans le lit d'un autre homme ? coupa-t-il d'un ton glacial. Parce que ce genre d'amour, je m'en passe. Merci bien.

— C'était une erreur. Une terrible erreur.

— De toute évidence.

Elle déglutit péniblement. L'idée de revenir sur cette histoire la révulsait, mais il le fallait. Elle refoulait cette souffrance et cette honte depuis trop longtemps.

— C'était juste une nuit, Leo. Une nuit horrible. C'est tout.

— C'est censé rendre la chose moins inexcusable ?

Elle se hérissa.

— Tu prétends ne pas être sexiste, mais tu es un bel hypocrite.

— Un hypocrite ? Qu'est-ce qui te fait dire ça ?

— Tu n'es pas resté chaste pendant six ans.

Leo eut un sourire désabusé.

— Vraiment ?

Elle resta sans voix. Il ne voulait tout de même pas dire que… ?

— Mais… mais… six ans, bredouilla-t-elle.

Le sourire de Leo devint amer.

— J'ai bien conscience que c'est très long.

— Je… Je n'ai jamais imaginé… Ce n'étaient pas des vraies fiançailles pour toi !

— Au contraire. Nos fiançailles ont toujours été bien réelles. Comme l'est notre mariage. C'est le sentiment dont tu parles qui ne l'est pas, Alyse. Tu ne m'aimes pas. Tu ne sais même pas ce qu'est l'amour. Une toquade d'adolescente ? Un coup de foudre, comme dans les films ?

Il eut une moue de dérision.

— Ce n'est rien d'autre qu'une illusion, l'amour. Et de toute façon, tu ne me connais même pas, comment pourrais-tu m'aimer ?

Alyse secoua la tête. Elle n'arrivait pas à y croire. Il était resté chaste pendant aussi longtemps ? Pour elle ?

— Mais… les magazines disaient que tu étais avec Liana Aterno.

— Tu y as prêté foi ? Tu sais bien qu'ils racontent n'importe quoi. Tu en as fait l'expérience toi-même.

— Je sais, mais je pensais… J'étais persuadée que tu avais des aventures. La reine…

Alyse s'interrompit.

— La reine, répéta-t-il en plissant les yeux. Que t'a dit ma mère ?

— Seulement que je ne devais pas m'attendre à… à ce que tu sois fidèle. Elle m'a fait un grand discours sur « les besoins des hommes » et elle m'a dit que je devrais fermer les yeux.

— Ma mère se basait sur son expérience personnelle. Le mariage de mes parents est désastreux. S'il y a quelqu'un dont il ne faut pas écouter les conseils sur le sujet, c'est bien elle.

— Je n'avais que dix-huit ans.

— De toute évidence, tu as conclu de ces conseils que tu pouvais te permettre d'être infidèle.

— Ce n'est pas du tout ça, Leo.

— Je n'ai vraiment pas envie d'en savoir davantage.

— Et moi je n'ai pas envie de t'en parler, mais il faut que tu comprennes. Ça a été une expérience horrible. Un copain de fac. J'avais trop bu.

— Je n'ai pas besoin de tous ces détails.

Alyse lui lança un regard implorant.

— Je sais, mais je veux juste que tu ne te fasses pas de fausses idées. J'avais vu une photo de toi avec la fille du duc, Liana, dans un magazine. J'ai lu des dizaines d'articles qui annonçaient que tu allais me laisser tomber pour elle.

— Et tu n'as jamais pensé à me demander si c'était vrai ?

— Nous n'avions aucun contact ! Je n'avais ni ton numéro de portable ni ton adresse e-mail.

— Si tu avais vraiment voulu, tu aurais réussi à me joindre. De toute façon, ça n'a aucune importance.

— Comment ça ?

— Certes, je suis déçu que tu n'aies pas pris la peine de respecter notre engagement. Nous faisions semblant d'être amoureux, mais nous étions réellement fiancés. La preuve, c'est que nous nous sommes mariés.

— Je sais, murmura-t-elle, la gorge nouée. Je regrette tellement…

— Je te répète que ça n'a aucune importance. Naturellement, à présent que nous sommes mariés, je compte sur ta fidélité. Mais ce qui est arrivé dans le passé, nous pouvons l'oublier. Dieu merci, les journalistes ne l'ont jamais découvert.

Leo se détourna d'elle et Alyse eut toutes les peines du monde à refouler ses larmes. Elle ne l'avait jamais senti aussi distant, et c'était sa faute.

— Je suis désolée.

— Oublions le passé et couchons-nous.

Il se glissa sous les draps et lui tourna le dos. Elle s'allongea à côté de lui et ils restèrent immobiles côte à côte, dans le silence que seul troublait le murmure des vagues. Alyse était cruellement consciente de la proximité du corps de Leo, de sa chaleur, de son parfum. Elle vibrait de désir, mais elle ne s'était jamais sentie aussi seule et désespérée. Tout ça à cause d'une erreur lamentable…

Accablée de honte, elle ferma les yeux, transportée quatre ans en arrière. Elle était en pleine révision d'examens, quand elle avait aperçu dans un kiosque une photo de Leo en train de rire avec Liana en couverture d'un magazine. Une jalousie féroce s'était emparée d'elle. Elle venait d'avoir vingt ans et était fiancée avec Leo depuis deux ans. Elle ne l'avait vu que trois ou quatre fois et ils ne s'étaient presque pas adressé la parole, mais son amour pour lui était toujours aussi fort. A la vue de cette photo, elle avait eu la certitude qu'il ne l'aimerait jamais. Pire encore, qu'il pouvait rire avec une autre, mais ne rirait jamais avec elle.

Elle avait été très tentée de rompre leurs fiançailles ; toutefois, malgré sa détresse, elle avait compris qu'elle en serait incapable. Elle n'avait pas le courage de prendre une décision qui provoquerait une tempête médiatique et la fureur de la famille royale. Et tout au fond de son cœur, elle n'en avait pas envie.

Cependant, son désarroi l'avait poussée à sortir avec Matt, un vague copain, et à boire beaucoup trop de vin. Le souvenir de la soirée restait confus. Ils étaient rentrés chez elle et ils avaient continué à discuter. L'alcool l'avait poussée aux confidences et elle avait dit à Matt que Leo ne l'aimait pas. Matt s'était esclaffé. Il lui avait conseillé d'arrêter de dire n'importe quoi. Tout le monde savait que Leo et elle étaient follement amoureux. Elle n'était pas assez ivre pour insister, mais elle avait jeté un coup d'œil au magazine *people*, qu'elle avait acheté dans un élan de masochisme. Alors, quelque chose s'était brisé en elle.

Sans réfléchir, elle s'était approchée de Matt et elle l'avait embrassé gauchement. Elle ignorait encore aujourd'hui ce qui avait déclenché cette impulsion — sans doute un besoin désespéré d'être désirée. Matt avait répondu à son baiser avec une fougue inattendue et le contrôle de la situation lui avait échappé. Elle était trop ivre pour faire marche arrière.

Le lendemain matin, Matt était penaud et elle effarée. Elle s'était sentie sale et honteuse. Avec malgré tout une pointe de satisfaction à l'idée d'avoir rendu la monnaie de sa pièce à Leo. Mais cette satisfaction n'avait pas duré, et elle s'était demandé avec consternation comment elle avait pu tomber aussi bas.

De toute évidence, Leo voyait dans son infidélité la preuve que son amour pour lui n'était qu'un mirage.

Un rêve d'adolescente fascinée par les contes de fées. Allongée à côté de lui dans le silence de la nuit, incapable de trouver le sommeil, elle douta pour la première fois : et s'il avait raison ?

Trop tendue pour rester plus longtemps au lit, elle se leva et sortit sur la plage. Le sable était soyeux sous ses pieds. Des myriades d'étoiles scintillaient dans le ciel d'encre et l'air était doux. Elle s'assit, dans un état d'abattement profond. Se pourrait-il que son amour pour Leo, qui l'avait rendue si souvent malheureuse au cours des six dernières années, ne soit qu'une illusion ? Etait-elle vraiment infantile au point de s'être inventé un amour éperdu pour un homme qu'elle connaissait à peine ? Et d'y avoir cru pendant aussi longtemps ?

Alyse replia les jambes et posa le menton sur ses genoux. Lors de sa fête d'anniversaire, soirée fatidique où elle avait vu Leo pour la première fois, sa mère était presque aussi excitée qu'elle. Elle lui avait expliqué que la reine Sophia était une amie d'enfance, et elle s'était extasiée sur le charme irrésistible du prince Leo. Elle lui avait également rappelé, avec un sourire attendri, que c'était au cours d'une soirée comme celle-ci qu'elle avait eu le coup de foudre pour son père…

Avait-elle inconsciemment voulu vivre le même conte de fées que ses parents ? S'était-elle raconté une belle histoire à laquelle elle avait voulu croire à tout prix ? Et à laquelle elle s'était ensuite cramponnée, parce qu'elle avait été prise dans un engrenage ? Après tout, au fil des ans la pression médiatique était devenue telle que cesser de croire à la romance lui aurait demandé un courage qu'elle n'avait jamais eu.

Alyse laissa échapper un soupir de dépit. Non, c'était impossible. Elle n'avait pas pu se bercer d'illusions à ce point. Son amour pour Leo ne pouvait pas être un simple fantasme d'adolescente immature.

Et pourtant… « Tu ne me connais même pas, comment pourrais-tu m'aimer ? » L'air narquois de Leo lui avait déchiré le cœur. Oui, pendant six ans, elle avait été amoureuse sans rien savoir de lui. Impossible de le nier. Mais aujourd'hui, elle commençait à le connaître un peu et le visage qu'elle avait aperçu par moments, sous son masque de froideur, ressemblait à celui de l'homme qu'elle avait chéri dans le secret de son cœur. Un homme dont le sourire la touchait au plus profond de l'âme.

Cet homme était bien là… Mais de nouveau distant. Plus distant que jamais.

Abattue, Alyse se leva et regagna la case. Elle ignorait ce que lui réservait la journée du lendemain et toutes celles qui suivraient. Comment Leo allait-il se comporter ? Parviendraient-ils à retrouver un peu de la complicité qu'ils avaient partagée ? Pour ce qui était de l'amour, mieux valait ne pas y penser…

Lorsque Alyse se réveilla, la case était inondée de soleil et Leo avait disparu. Elle se leva et s'habilla rapidement, jetant dans une valise la robe de soie mauve qu'il lui avait enlevée la veille. Si seulement les choses s'étaient passées autrement… Elle se serait réveillée dans les bras de Leo.

— Bonjour.

Son cœur manqua un battement. Leo avait pris sa douche et s'était habillé. Son visage était impénétrable et son regard froid. Elle s'arma de courage pour l'affronter. Malgré tout, il lui suffisait de le regarder pour se rappeler la douceur de ses lèvres sur sa peau, la précision diabolique de ses caresses. Elle baissa les yeux.

— Bonjour.

— Tu as bien dormi ? demanda-t-il avec une pointe d'ironie.

— Non.

— Dommage. Le petit déjeuner est servi au restaurant. Je l'ai déjà pris.

— Ah bon ? Les employés vont jaser, tu sais.

Elle détestait utiliser cet argument. Ce que les gens pouvaient dire ou penser, elle s'en moquait éperdument. Tout ce qui l'intéressait c'était ce que pensait Leo. Ce qu'il ressentait… ou pas.

— Je leur ai dit que tu faisais la grasse matinée après une nuit bien remplie, ce qui a fait rougir toutes les serveuses.

— Tu n'as pas dit ça.

— Non.

Leo plissa les paupières.

— Je déteste mentir, même aux employés. Mais de toute façon, je n'ai pas eu besoin de le leur dire pour qu'ils l'imaginent. Alors ne t'inquiète pas, ils ne risquent pas de mettre en doute notre belle histoire.

— Il faut que je te parle…

— Il faut que je te parle aussi, coupa-t-il sèchement. Mais va manger d'abord.

Il prit le journal qu'il avait rapporté du restaurant, s'installa dans un fauteuil et l'ouvrit.

Sans un mot, Alyse quitta la case.

Leo fixait sans la voir la page qu'il avait sous les yeux. Pourquoi était-il aussi furieux ? Il ne se souvenait pas avoir déjà éprouvé une telle rage. Ce trop-plein d'émotion était exaspérant et… terrifiant, il fallait bien le reconnaître.

Mais pas question de l'avouer à Alyse. Lorsqu'elle reviendrait, il lui expliquerait ce qu'il prévoyait pour la suite. Retour à Maldinia et à ce qui était prévu au départ. Un mariage de convenance. Rien de plus. Il avait commis une grave erreur en acceptant l'idée de relations amicales, ce qui n'avait servi qu'à faire naître des espoirs ridicules chez elle.

Et chez lui…

C'était ça, le pire. Il avait passé de bons moments avec elle. Il avait pris du plaisir à discuter, à plaisanter, à rire avec cette femme, sa femme. Et bien sûr, à l'embrasser, la caresser… Dire que la veille, il avait été tout près de… Quelle frustration ! Il avait toujours envie d'Alyse et il avait bien l'intention de coucher avec elle. Le plus tôt possible. A quoi bon attendre ? Puisqu'elle n'était pas vierge, il n'avait plus aucune raison de s'inquiéter pour elle.

Elle revint une demi-heure plus tard. Il s'efforça de ne pas s'attarder sur les cernes qui creusaient ses yeux ni sur le pli triste de ses lèvres pulpeuses. Elle était vêtue d'un T-shirt vert pâle et d'une jupe fluide qui tournoyait autour de ses jambes interminables. Il s'en détacha mais, à sa grande irritation, son regard fut irrésistiblement attiré par les seins ronds et fermes qui tendaient le tissu du T-shirt. Exaspéré, il leva les yeux au ciel.

— Leo, je voulais…

— Laisse-moi te dire ce que j'ai à te dire, l'interrompit-il d'un ton crispé. L'idée de l'amitié, c'était une erreur. Je n'aurais pas dû accepter. Ça ne fait que compliquer la situation. C'était beaucoup plus simple avant.

— Quand nous faisions semblant en permanence ?

— Nous allons poursuivre le jeu de rôles. Le public nous croit très amoureux, ce qui, comme je te l'ai déjà dit, n'arrivera jamais.

— Et moi qui croyais que tu détestais mentir !

— Certaines circonstances ne laissent pas le choix, répliqua-t-il d'un ton vif. Mais au moins, nous ne nous mentirons pas l'un à l'autre.

— Que proposes-tu exactement ? Que nous nous ignorions pendant tout le reste de notre lune de miel ? Pendant tout notre mariage ?

— Notre lune de miel est terminée.

Alyse se pétrifia, bouche bée.

— Que… Terminée ? bredouilla-t-elle finalement.

— Nous repartons pour Maldinia aujourd'hui.

Elle devint livide, mais se ressaisit aussitôt. Elle

releva le menton avec une détermination qu'il ne put s'empêcher d'admirer.

— Aujourd'hui, hein ? Notre lune de miel aura donc duré deux jours en tout et pour tout. Comment penses-tu que le public et les médias vont réagir ?

— Cela ne dépend que de nous. Si nous rentrons à Averne avec des têtes de six pieds de long, ils risquent de se douter de quelque chose. Mais si nous sommes souriants et si nous présentons un front uni, comme l'exige notre devoir, je ne pense pas que ça posera de problèmes. Après avoir passé six ans à jouer la comédie, tu devrais être à la hauteur, il me semble.

Elle ne releva pas sa pique narquoise.

— Et nos visites à Londres ? Paris ? Rome ?

— Elles sont prévues la semaine prochaine. Nous partirons de Maldinia.

— Pourquoi veux-tu rentrer ?

— Parce que je veux remettre notre mariage sur les rails, répliqua-t-il d'un ton brusque. Ce qui exclut de batifoler sur la plage ou de jouer à être amis sur un bateau.

Alyse le considéra d'un air songeur.

— Tu as peur, affirma-t-elle.

Il laissa échapper un petit rire incrédule.

— Peur ? De quoi ?

— De moi. De ce qui se passait entre nous. De notre complicité.

— Par pitié, épargne-moi tes théories fantaisistes et ta psychologie de bazar ! J'ai eu ma dose cette nuit quand tu as essayé de me convaincre que tu m'aimais.

— Je croyais t'aimer.

— Tu as retrouvé ta lucidité ? Comme c'est pratique ! ironisa-t-il, avec toutefois un pincement au cœur qu'il s'efforça d'ignorer. Je vais demander au personnel de venir chercher nos bagages.

Sur ces mots, il quitta la case.

9.

Alyse était assise en face de Leo à bord du jet. Il étudiait des documents, visiblement très concentré. Le ciel était d'un bleu éclatant derrière les hublots. Du café, des croissants et des fruits frais étaient posés sur la table, entre eux. Durant ce vol de nuit, ils avaient dormi dans des lits séparés. Depuis qu'ils avaient décollé, sept heures plus tôt, son mari ne lui avait pas adressé la parole une seule fois.

Elle était épuisée. Physiquement et moralement. Il ne fallait pas se faire d'illusions sur ce qui l'attendait. Une fois de retour à Maldinia, dans l'immense palais, Leo, accaparé par ses responsabilités, n'aurait aucun mal à l'ignorer. Ils se verraient à l'occasion des cérémonies officielles et vivraient séparément le reste du temps.

Comme pendant les six années de leurs fiançailles.

Elle refoula ses larmes. Impossible. Elle ne pourrait pas vivre comme ça. Surtout à Averne, où elle ne pourrait même pas trouver de réconfort dans ses études ou dans son cercle d'amis comme à Durham. Certes, elle pourrait se consacrer tout entière aux responsabilités qui lui incombaient. Cet aspect de sa nouvelle vie de princesse ne la rebutait pas, bien au contraire. Mais de là à en faire l'unique but de son existence… Non, cette perspective était trop déprimante.

Les larmes menacèrent de jaillir et elle cligna les yeux. Pas question de pleurer. Il devait bien y avoir un moyen de restaurer la complicité née entre Leo et elle, mais lequel ? Il était encore plus distant qu'avant, plus froid ; au lieu d'être simplement indifférent, il était devenu hostile. Il était même furieux contre elle. En fait, il avait perdu son flegme habituel, songea-t-elle tout à coup. Comme s'il avait reçu un choc émotionnel. Mais alors… S'il lui en voulait à ce point de son infidélité, se pourrait-il qu'il éprouve quelque chose pour elle ?

L'espoir s'insinua de nouveau entre les griffes de sa mélancolie. Si Leo était en colère contre elle, c'était peut-être parce qu'il avait été blessé… Ce qui devait le mettre encore plus hors de lui, bien sûr. Elle le connaissait assez bien à présent pour savoir qu'il fuyait toute forme d'émotion, de sentiment. C'était sans doute lié à un problème familial qui remontait à l'enfance. Sa froideur était, en réalité, un moyen de se protéger. Sa seule armure. Comment faire pour la percer et vaincre ses défenses ?

Alyse rouvrit les yeux. Son compagnon était toujours concentré sur les documents étalés devant lui.

— Leo ?

Il leva les yeux, le regard polaire.

— Oui ?

— Tu vas vraiment m'ignorer jusqu'à la fin de ce vol ? Jusqu'à la fin de nos vies ?

— Pas tout à fait, non, répondit-il d'un ton neutre. Je n'ai pas l'intention de t'ignorer cette nuit, par exemple.

Elle cilla sous le choc.

— Tu veux dire que… tu as l'intention de… consommer notre mariage cette nuit ?

Le regard de Leo resta vide et sa voix dépourvue de la moindre émotion.

— C'est exactement ce que je viens de dire, oui.

Alyse s'humecta les lèvres. Malgré l'attitude de Leo, elle avait toujours autant envie de lui. Elle aurait toujours envie de lui…

— Bien que tu sois obligé de faire des efforts pour

m'adresser la parole ? demanda-t-elle en fronçant les sourcils.

— Il n'est pas prévu que nous parlions.

Elle tiqua.

— Ne sois pas grossier ! Notre mariage n'est qu'un arrangement, mais nous méritons mieux que ça l'un et l'autre.

Une lueur indéfinissable s'alluma furtivement dans les yeux de Leo, qui les détourna d'elle.

— Du moment que tu gardes toujours à l'esprit que notre mariage n'est en effet qu'un arrangement.

— Je ne risque pas de l'oublier, crois-moi.

Leo se replongea dans ses documents et Alyse ferma de nouveau les yeux. Il ne voulait rien d'autre que son corps. Mais si en même temps que son corps elle lui donnait son cœur ? Elle rouvrit les paupières. Une évidence venait de s'imposer à elle : il avait raison, elle ne l'avait jamais vraiment aimé, avant. Ses sentiments pour lui n'avaient été qu'un fantasme d'adolescente. Mais alors pourquoi était-elle prête à lui offrir son cœur aujourd'hui, alors qu'il la traitait avec un tel dédain ? La réponse fusa dans son esprit : « Parce que c'est ce que j'attends de mon mariage. »

Oui, même si pendant toutes ces années elle s'était raconté des histoires, elle pourrait très bien tomber amoureuse de lui aujourd'hui. Il suffirait qu'ils retrouvent la complicité qui les avait rapprochés ces derniers jours.

Et ça pouvait commencer ce soir.

Ils atterrirent à Maldinia sous un soleil estival. Les journalistes avaient eu vent de leur retour prématuré et les attendaient de pied ferme. Ils posèrent pour les photographes à l'aéroport, souriants. Leo la tenait par la taille. Alyse lui jeta des coups d'œil furtifs. Malgré son sourire éclatant, son corps était raide contre le sien et son regard dur. De toute évidence, il ne prenait pas plus de plaisir qu'elle à cette mascarade. Ensuite, ils regagnèrent le palais en limousine, escortés par la police.

Après une nouvelle séance de photos sur les marches, ils rentrèrent et Leo disparut dans son bureau. On la conduisit à la chambre qui lui était destinée — qu'elle ne partagerait visiblement pas avec son époux. La pièce était somptueuse, décorée avec raffinement dans des nuances de gris-bleu, complètement impersonnelle toutefois.

Elle se laissa tomber sur le lit, triste et découragée. Jamais elle ne s'était sentie aussi seule ni aussi malheureuse… Quelques minutes plus tard, alors qu'elle ruminait ses pensées moroses, un coup fut frappé à la porte. La reine Sophia entra sans attendre sa réponse.

Alyse se leva, déconcertée par cette visite inattendue. La reine la détailla d'un œil critique.

— Pour quelle raison avez-vous interrompu votre voyage de noces ?

— Leo… Il a du travail.

— Du travail ? Pendant sa lune de miel ? Comment croyez-vous que le peuple va réagir ? Les gens veulent voir un couple amoureux ; la stabilité de la monarchie dépend de vous.

Elle se remémora ce que lui avait dit Leo à propos de ses parents : liaisons multiples, dépenses excessives, indifférence vis-à-vis des Maldiniens… La reine était mal placée pour lui faire des reproches !

— J'aurais cru qu'elle dépendait tout autant de vous, répliqua-t-elle d'un ton posé.

La reine la foudroya du regard.

— Ne soyez pas impertinente !

— Ce n'était pas de l'impertinence mais de la franchise.

— Je me passe très bien de votre franchise. Si vous êtes devenue princesse, c'est uniquement parce que nous l'avons décidé.

— Et si vous l'avez décidé, c'est uniquement parce que cela vous arrangeait, rétorqua Alyse, gagnée par la colère. Avec Leo et moi sur le devant de la scène, vous pouvez continuer à vivre comme vous l'entendez. Ce dont vous ne vous êtes jamais privés, de toute façon.

Deux taches rouges apparurent sur les pommettes de la reine Sophia.

— Oh ! je sais que ça vous fait grincer des dents que votre cher fils aîné soit marié à une roturière, poursuivit Alyse, de plus en plus irritée.

— Mon cher fils aîné ? Leo ne vous a même pas parlé de son frère ? Bah, je suppose qu'il ne vous dit jamais rien.

— Son… frère ?

— Alessandro. Son frère aîné. Mon mari l'a déshérité quand il avait vingt et un ans et Leo dix-huit. C'est lui qui devait devenir roi.

Alyse crut percevoir de l'amertume dans la voix de Sophia. Préférait-elle son fils Alessandro à Leo ?

— Cela ne fait plus les gros titres de la presse, poursuivit la reine. Les journalistes ont cessé de remuer le passé depuis plusieurs années. Mais sachez que si la monarchie a été déstabilisée, si nous avons eu besoin de vous, c'est à cause du scandale causé par le départ de Sandro. Je suis surprise que Leo ne vous en ait jamais parlé.

Elle s'interrompit, l'air aussi perfide que sa dernière remarque, avant d'ajouter :

— En tout cas, soyez prudente. Si la vérité sur votre mariage avec Leo venait à se savoir maintenant, le scandale nous éclabousserait tous, y compris vous. Vous appréciez peut-être d'être sous les projecteurs depuis six ans, mais cela deviendra beaucoup moins agréable quand tout le monde vous haïra. Par ailleurs, vous ne serez plus d'aucune utilité à Leo…

La reine lui décocha un sourire cruel, puis elle tourna les talons et quitta la pièce.

Alyse s'affaissa de nouveau sur le lit, l'estomac noué. Si les médias se retournaient contre elle, si elle n'était plus un atout pour la monarchie mais un handicap, Leo voudrait-il rester marié avec elle ? La réponse à cette interrogation semblait malheureusement évidente…

Et cette histoire de frère ? Qu'il ne lui en ait jamais parlé n'avait rien d'étonnant, vu son peu de goût pour les confidences ; néanmoins, son existence expliquait peut-être beaucoup de choses. Avoir des parents comme le roi Alessandro et la reine Sophia n'était pas un facteur d'épanouissement. Or, si en plus il y avait eu un frère… Un aîné qui avait peut-être été le favori, mais qui avait tourné le dos au trône, ne laissant pas d'autre choix à Leo que de prendre sa place — et de tenter de compenser son absence, peut-être… ?

Ce n'étaient que des hypothèses, bien sûr, mais elle aimerait tellement comprendre l'homme qui viendrait la rejoindre cette nuit dans sa chambre !

Un long frisson la parcourut. En dépit du mépris de son mari, elle avait encore envie de lui. Désespérément.

Alyse ne revit Leo qu'en début de soirée, lorsque la famille royale se réunit pour le dîner. Il était plus séduisant que jamais dans son smoking, tenue de rigueur pour ces dîners protocolaires prisés par le roi et la reine. Avait-il beaucoup souffert de cette atmosphère étouffante pendant son enfance ? Et son frère ?

Dire qu'elle n'avait jamais lu une seule ligne à propos de ce dernier dans les centaines d'articles qu'elle avait parcourus sur la famille royale de Maldinia ! Comme si tout le monde l'avait oublié. Tout le monde sauf Leo. Car son sixième sens lui affirmait que tel était le cas. Elle aimerait tellement pouvoir en parler avec lui, savoir quelles étaient ses relations avec ce frère aîné qui s'était volatilisé ! Mais ce n'était pas le moment. Et de toute façon, il y avait peu de chances pour qu'il accepte de répondre à ses questions…

Au cours du dîner, Alessandro et Sophia firent allusion à leur retour prématuré, mais Leo ne daigna pas leur donner d'explication. Alyse finit par murmurer qu'elle avait hâte de commencer sa nouvelle vie au palais. Quelle ironie !

Elle répondit par un sourire au regard à la fois compatissant et encourageant que lui lança sa belle-sœur. Alexa devait épouser l'émir d'un petit Etat du Moyen-Orient l'année suivante, et Alyse soupçonnait que cette perspective ne l'enchantait pas. Mais du moins n'était-elle pas obligée de faire semblant d'être amoureuse de son fiancé, songea-t-elle en réprimant un soupir.

A 22 heures, le dîner était terminé. La reine Sophia s'apprêtait à se lever pour inviter tout le monde à la suivre dans le salon, où seraient servis le café et des petits-fours, quand, bousculant ce rituel immuable, Leo la devança.

— La journée a été longue. Alyse et moi nous allons nous retirer.

Puis, sans se préoccuper de l'air outragé de sa mère, il prit Alyse par la main et l'entraîna hors de la salle à manger.

— Ta mère déteste qu'on ne respecte pas les traditions, commenta-t-elle pour se donner une contenance, tandis qu'ils montaient l'escalier.

Son cœur battait à tout rompre et elle avait le vertige.

— Ma mère n'aime qu'une chose : qu'on obéisse à ses ordres. Il va falloir qu'elle s'habitue à être déçue.

Il l'entraîna au bout du couloir, jusqu'à une chambre au décor très masculin. La couette du lit à baldaquin avait été rabattue et un feu brûlait dans l'énorme cheminée de pierre.

La gorge sèche, Alyse essaya de calmer son pouls.

— C'est très romantique.

— Tu plaisantes ?

— Non.

Elle se tourna vers Leo en s'efforçant de sourire. Il avait peut-être prévu de coucher avec elle sans lui adresser la parole, mais c'était hors de question.

— J'énonce juste un fait. Et ne t'inquiète pas, je n'imagine pas une seconde que tu y es pour quelque chose.

Leo contempla sa femme. Elle était d'une beauté déchirante. Elle paraissait vulnérable et forte à la fois. Il ne put s'empêcher d'admirer son courage, mais il se ressaisit aussitôt.

— En effet, je n'y suis pour rien, déclara-t-il froidement.

Il lui fit signe d'avancer vers lui.

— Viens ici.

— C'est un ordre ?

— Une demande.

Elle émit un petit rire tremblant.

— Faite avec mauvaise grâce, Leo.

Elle le rejoignit néanmoins, le menton relevé et l'air décidé. Ses hanches ondulaient sous le tissu fluide de sa robe dos nu.

— Si tu enlevais ça ? suggéra-t-il d'une voix déjà altérée par le désir.

— Si tu t'en chargeais ? répliqua-t-elle d'une voix un peu triste, mais qui le mettait clairement au défi.

Elle lui tourna le dos. Il leva la main vers la robe.

— Essayons de faire en sorte que cette expérience soit agréable, poursuivit-elle. Tu me désires et je te désire. C'est une chance.

Incapable de prononcer un mot, il ne répondit pas. Le sang pulsait dans ses veines et il mourait d'envie de la toucher. Il dénoua sur la nuque d'Alyse le lien qui maintenait sa robe en place. Celle-ci glissa sur son corps et s'étala en corolle à ses pieds. Elle lui fit face de nouveau. Ses joues s'empourprèrent, mais elle ne cilla pas. Elle était splendide. Il l'avait déjà vue nue, mais ce soir, elle était plus belle encore. Son soutien-gorge de dentelle sans bretelles et sa culotte assortie soulignaient la perfection de son corps sublime.

Elle lui défit son nœud papillon, puis elle déboutonna lentement sa chemise. Fasciné par ses longs doigts fins, Leo était parcouru d'un frisson chaque fois qu'ils effleuraient sa peau. Lorsqu'elle avait déboutonné sa chemise avec les mêmes gestes, la veille, tout son corps s'était embrasé. Ce soir aussi, mais son désir était mêlé d'une émotion étrange. Une émotion qu'il n'avait aucune envie de ressentir… Il voulait s'en tenir à un contact purement physique.

Dès qu'elle eut fait glisser d'un même mouvement la chemise et la veste de ses épaules, il la prit dans ses bras et s'empara de sa bouche. Il l'embrassa avec avidité, enfonçant les doigts dans ses cheveux soyeux et pressant son corps presque nu contre le sien. A son grand soulagement, l'émotion qui l'étreignait fut balayée par une tornade de désir qui lui coupa le souffle.

Cependant, la ferveur avec laquelle Alyse répondait à son baiser, l'abandon de son corps souple collé au sien, ses caresses fébriles, tout cela le chavira. Avec elle, le sexe ne serait jamais dépourvu d'émotion, comprit-il. Une émotion qu'il redoutait, mais dont il avait désespérément besoin… Il approfondit son baiser.

Alyse laissa échapper un gémissement qui acheva de l'enflammer. Avec des gestes fébriles, il dégrafa le soutien-gorge et lui ôta sa culotte, tandis qu'elle faisait descendre le pantalon sur ses jambes. Il s'en débarrassa d'un coup de pied impatient, puis il souleva sa proie de terre et la porta jusqu'au lit.

Il la déposa avec délicatesse, puis il la détailla, bouleversé. Allongée sur le dos, les bras ouverts et les cuisses légèrement écartées, elle s'offrait à lui sans réserve. Le regard franc de ses yeux gris-bleu était lui aussi une offrande.

Leo fut assailli par le remords. Comment avait-il pu envisager de dissocier sexe et émotion ? Avec cette femme, la sienne, c'était impossible.

Elle lui tendit les bras en murmurant d'une voix douce :

— Fais-moi l'amour, Leo.

Il laissa échapper un petit rire qui ressemblait à un sanglot. Comment Alyse avait-elle réussi à s'engouffrer dans tout son être avec une telle facilité ? Déposant les armes, il la rejoignit et se laissa emporter dans un tourbillon de sensualité au sein duquel ils ne firent plus qu'un.

Alyse reprenait son souffle, encore parcourue d'ondes de jouissance. Leo avait roulé sur le dos à côté d'elle, un bras replié sur le visage — impossible d'y lire ce qu'il ressentait. Quelques instants plus tôt, elle avait eu le sentiment d'être si proche de lui que toutes ses angoisses s'étaient évanouies. Mais déjà elles revenaient. Allait-il se lever et disparaître dans la salle de bains, plus impersonnel que jamais ?

Il bougea et elle retint son souffle. Lentement, il se redressa et s'assit au bord du lit, le dos tourné.

— Je vais nous chercher quelque chose à boire, déclara-t-il en se levant.

Il enfila son caleçon et disparut dans le dressing. Elle resta immobile, rongée par le doute. Impossible de déduire quoi que ce soit de son attitude… Il revint presque aussitôt et elle se redressa dans le lit.

— Tiens, dit-il sobrement en lui tendant une petite bouteille d'eau.

— Où est-ce que… ?

— Il y a un petit frigo dans le dressing.

Il esquissa un sourire.

— Ils y ont mis du champagne, mais je me suis dit que nous en avions assez bu.

— Ah…

Parce que ce moment ne méritait pas d'être célébré au champagne ? Avec un pincement au cœur, elle but une gorgée d'eau. Leo vida la moitié de sa bouteille, puis il la fit tourner entre ses mains, le regard fuyant. Alyse attendait, l'estomac noué. De toute évidence, il avait quelque chose à lui dire. Mais quoi ? Il finit par la regarder, le visage impénétrable. Puis il prit une profonde inspiration. Elle se prépara au pire.

— Je ne sais pas… ce que je suis capable de t'offrir.

Elle resta coite le temps que ces paroles parviennent jusqu'à son cerveau. Puis un sourire étira ses lèvres. Un sourire ridiculement joyeux. Après tout, ce que Leo venait de lui dire était très éloigné d'une déclaration d'amour. Et pourtant, pour un homme comme lui c'était déjà beaucoup. C'était même inespéré.

— Ça me va, dit-elle d'une voix douce.

Il détourna les yeux, visiblement embarrassé.

— Je suis désolé d'avoir considéré notre mariage comme un boulet. Je n'ai jamais eu de véritable relation. Du moins pas depuis très longtemps.

— Moi non plus.

Il sourit.

— Alors nous sommes deux.

Elle lui rendit son sourire, le cœur en fête.

— Oui, apparemment.

Ils restèrent silencieux un moment, puis Leo reprit les bouteilles et les emporta dans le dressing. Alyse en profita pour gagner la salle de bains. Lorsqu'elle en sortit, son mari était couché dans le lit, éclairé par le feu de cheminée. Elle le rejoignit et il la prit dans ses bras avec une tendresse qui la bouleversa. Blottie contre lui, elle huma avec délectation son parfum boisé tout en écoutant le feu crépiter.

Elle s'endormit dans un silence serein, savourant le plaisir infini d'être avec l'homme qu'elle aimait.

10.

Lorsque Alyse se réveilla, Leo était toujours à côté d'elle, souriant dans son sommeil. Elle le contempla pendant un long moment, puis elle déposa un baiser sur ses lèvres. Il ouvrit les yeux et referma les mains sur ses épaules.

— Très agréable, d'être réveillé de cette manière...

Avant qu'elle ait le temps de deviner son intention, il la hissa sur lui. Au contact de sa virilité pleinement réveillée contre son ventre, elle fut envahie par une vive chaleur.

— J'ai l'impression que tu as quelque chose d'encore plus agréable en tête, murmura-t-elle tandis qu'il refermait la main sur un de ses seins.

Après s'être douchés et habillés, ils prirent le petit déjeuner dans leur salle à manger privée. Alyse demanda à Leo quels étaient ses projets pour la journée. A la lumière du jour, elle était de nouveau assaillie par le doute : peut-être allait-il se contenter de partager seulement ses nuits avec elle. Ne lui avait-il pas déclaré : « Je ne sais pas ce que je suis capable de t'offrir » ? Sur le moment elle avait pris ces mots pour une promesse, mais il fallait bien reconnaître qu'ils sonnaient plutôt comme un avertissement.

— Ce matin, j'ai une réunion avec des membres du Conseil, mais cet après-midi, je suis libre. J'ai pensé que je pourrais peut-être te faire visiter le palais : tu n'en as pas vu grand-chose jusqu'à présent.

— Ce serait fantastique ! s'exclama-t-elle, ravie.

Leo lui rendit son sourire, puis ils bavardèrent de choses et d'autres dans une atmosphère merveilleusement détendue — Alyse était aux anges.

Après le petit déjeuner, Leo alla se préparer pour sa réunion. Elle passa la matinée à faire son courrier, puis elle descendit déjeuner. Sophia était sortie pour la journée et Alessandro était occupé ailleurs, si bien qu'ils déjeunèrent à trois, Leo, Alexa et elle.

— Alors, la vie de jeunes mariés, c'est comment ? demanda sa belle-sœur après le départ du maître d'hôtel. La félicité ?

Leo secoua la tête avec un petit sourire.

— Ne sois pas cynique, Lex.

— C'est toi qui me dis de ne pas être cynique ?

— Il faut croire que les miracles existent.

Alexa arqua les sourcils.

— Le mariage t'a changé ?

Alyse retint son souffle pendant que Leo buvait une gorgée d'eau.

— Un peu, finit-il par répondre après un instant de réflexion.

Cruellement déçue, elle se morigéna aussitôt. Pourquoi était-elle aussi déçue ? C'était ridicule. Tout était encore si nouveau pour Leo. Il fallait lui laisser du temps.

Après le déjeuner, il lui fit visiter le palais. Ils parcoururent une dizaine de salons richement décorés mais vide, dans lesquels leurs pas résonnaient sur le sol de marbre.

— Ça devait être fantastique pour jouer à cache-cache, commenta-t-elle.

Leo avait-il été proche de son frère ? Celui-ci lui avait-il manqué après son départ ? Elle avait des tas de questions à lui poser, mais mieux valait s'abstenir. Il n'était pas prêt à les entendre…

— Je ne jouais pas dans ces pièces. La plupart du temps nous étions cantonnés dans la nursery.

— Nous ?

— Les enfants. Et comme je te l'ai déjà dit, je suis parti en pension à six ans.

— C'est très jeune, non ?

— Ce sont mes parents qui l'ont décidé.

Leo prit une profonde inspiration et se tourna vers la fenêtre avant de poursuivre.

— Tu t'es peut-être demandé comment ils ont eu l'idée de nous faire jouer la comédie du grand amour. En fait, ils ont passé leur vie à jouer la comédie. Ils s'intéressaient à leurs enfants uniquement quand il y avait des spectateurs.

Il fit la grimace.

— Ils profitaient de toutes les occasions d'être pris en photo avec nous pour montrer qu'ils nous aimaient. Mais dès que le photographe était parti, ils se désintéressaient de nous.

Alyse le considéra avec effarement. Toute sa vie de famille n'aurait été qu'une mascarade, comme leurs fiançailles ? Connaissant ses parents, elle ne devrait pas être surprise, mais c'était si triste… Pas étonnant qu'il ne croie pas à l'amour.

Il se tourna vers elle.

— Et toi ? Tu es fille unique : aurais-tu aimé avoir des frères et sœurs ?

— Oui, mais mes parents ne voulaient pas d'autre enfant.

Devant l'air surpris de Leo, Alyse s'expliqua :

— Ils étaient heureux de m'avoir, mais ils étaient surtout heureux ensemble. Leur histoire incroyable a même eu droit à des articles dans la presse.

— Ta mère est une héritière, c'est ça ?

— Son père possédait une chaîne d'hôtels prestigieux. Aujourd'hui, c'est mon oncle qui la dirige, mais avant son mariage, ma mère était connue comme l'héritière Brearley.

— Et ton père ?

— Un financier français. Ils se sont rencontrés à Paris lors d'une réception. Ils se sont aperçus dans la foule et ils ont eu le coup de foudre. Ils ne se sont plus jamais quittés. Un vrai conte de fées.

— Et toi, comment as-tu vécu dans l'ombre de ce… conte de fées.

— Ce n'était pas toujours facile, reconnut-elle. J'aime mes parents et je n'ai jamais douté de leur amour, mais par moments j'avais l'impression d'être de trop.

A son grand dam, sa gorge se noua. Au même instant, Leo lui prit la main et entrelaça leurs doigts. Ce geste la toucha profondément.

— C'est curieux… Nous avons grandi dans des familles très différentes, et pourtant nous avons vécu un peu le même genre d'expérience.

— Je n'ai aucune raison de me plaindre, dit-elle, un peu honteuse.

Par rapport à lui, elle avait eu beaucoup de chance !

— Tu ne te plaignais pas, tu répondais juste à ma question.

Il l'attira vers lui et referma son autre main sur sa nuque.

— Mais nous pouvons peut-être tourner la page, à présent, reprit-il. Nous allons fonder notre propre famille.

Il effleura ses lèvres avec un sourire sexy.

— Nous avons peut-être commencé aujourd'hui…

— Qui sait ? acquiesça-t-elle.

En effet, ils n'avaient utilisé aucun moyen de contraception. Ils n'en avaient même pas discuté. A quoi bon ? Donner un héritier à son mari faisait partie de ses devoirs de future reine de Maldinia.

Le bébé de Leo…

*
* *

Alyse se regarda dans le miroir en lissant la robe de satin argent qu'elle avait choisie pour la réception à laquelle ils se rendaient, dans un club londonien. Quatre jours s'étaient écoulés depuis leur retour de Saint-Cristos. Quatre jours et quatre nuits merveilleux.

On frappa à la porte. Malgré leur statut de jeunes mariés, Leo et elle occupaient une suite royale avec deux chambres et ils s'étaient préparés séparément pour la soirée.

— Tu es prête ? demanda son mari à travers la porte. La voiture est là.

— J'arrive.

Elle ouvrit la porte et elle eut le souffle coupé à la vue de Leo, d'une élégance suprême en queue-de-pie blanche. Cependant, il semblait tendu. Le retour sous les feux de l'actualité l'éprouvait, visiblement. Il promena un regard appréciateur sur sa robe. Dos nu, elle moulait ses seins et ses hanches, puis s'évasait à partir des genoux pour tomber en plis souples jusqu'au sol.

— Grande classe, affirma-t-il. Les stylistes ont bien choisi.

— Elles ont sans doute pensé que pour notre première apparition publique, en tant que mari et femme, il fallait que je fasse sensation.

— Oui, j'ai l'impression que ce soir, tous les projecteurs vont être braqués sur nous, répliqua-t-il d'un ton crispé.

— Nous avons eu une semaine de tranquillité, rappela-t-elle avec un sourire apaisant. Et c'est juste une soirée.

— Beaucoup d'autres suivront.

Il lui offrit son bras.

— Il faut y aller. Il y a des journalistes dehors.

Les flashes crépitèrent dès qu'ils franchirent les portes de l'hôtel. Ils posèrent quelques instants et le bras de

Leo se raidit sous sa main. Lorsqu'ils montèrent dans la limousine, il poussa un soupir de soulagement.

— Comment fais-tu pour supporter ça ? demanda-t-elle en lissant sa robe.

— Je commence à m'en lasser. Voilà si longtemps que ça dure.

— Depuis ton enfance ?

— Plus ou moins.

Il détourna la tête et regarda par la vitre. Quelques instants plus tard, la limousine s'arrêta devant un des clubs les plus prestigieux de Londres, sur Pall Mall. Une autre horde de photographes et de journalistes les attendaient devant l'entrée. Cette fois-ci, ils ne posèrent pas et ne répondirent à aucune question. Leurs gardes du corps les escortèrent jusqu'à la porte du club.

Une fois à l'intérieur, Alyse nota les regards curieux de la centaine de privilégiés invités à la réception. Le prince et sa cendrillon : normal que l'intérêt des gens soit éveillé. Même à Durham, elle avait parfois eu du mal à passer inaperçue, alors qu'elle était seule. Elle s'était efforcée de prendre ça avec philosophie.

Mais ce soir, c'était différent. Elle était avec Leo, ils étaient mariés et c'était la première fois qu'ils passaient une soirée ensemble dans un endroit public. Elle l'observa du coin de l'œil tandis qu'il échangeait quelques mots avec un homme grisonnant et bedonnant, dont le visage lui était vaguement familier, mais dont elle ignorait le nom. Malgré la tension qui l'habitait, son mari semblait parfaitement à l'aise et ravi d'être là. Elle réprima un frisson. S'il jouait aussi bien la comédie, comment savoir quand il était sincère ? Peut-être au fil des ans était-il devenu incapable de l'être. Les moments formidables qu'elle avait passés avec lui ces derniers jours n'étaient peut-être qu'une mascarade de plus…

— Souris, murmura-t-il. Tu as l'air crispé.

— Désolée.

Elle dut faire appel à toute sa volonté pour accrocher

un sourire à ses lèvres. C'était trop dur. Bien plus dur qu'avant. Elle ne supportait plus de faire semblant, de douter en permanence, de se demander à tout instant si Leo éprouvait quelque chose pour elle.

— Que se passe-t-il ? reprit-il à voix basse. Ce n'est pourtant pas la première fois que tu assistes à ce genre de soirée.

— C'est différent aujourd'hui.

— Il n'y a aucune raison, dit-il en l'entraînant vers un groupe d'invités.

Elle le suivit la mort dans l'âme.

Leo bouillait intérieurement. Cette soirée était interminable, et il ne supportait plus tout ce cinéma. La semaine qu'il venait de passer avec Alyse avait parfois été éprouvante, mais au moins ils n'avaient jamais fait semblant. Il lui jeta un nouveau coup d'œil. Elle souriait, mais son regard était inquiet. Pourquoi était-il devenu aussi difficile pour eux de jouer la comédie du grand amour, alors qu'ils s'entendaient de mieux en mieux ? Parce que comparée à ce soi-disant grand amour, leur relation réelle paraissait bien pâle ? C'était une hypothèse plausible…

De retour à l'hôtel, à peine la porte de leur suite refermée, Leo prit Alyse dans ses bras. Elle s'alanguit contre lui, mais son regard était voilé et sa lèvre tremblait légèrement. Il avait envie de tout effacer : la réception, la comédie, le doute et la peur qu'il percevait en elle — et en lui aussi. Il avait envie de la faire sourire et il ne connaissait qu'un seul moyen… Il l'embrassa.

Elle répondit à son baiser avec une ardeur qui le galvanisa. La plaquant contre le mur de l'entrée, Leo enfonça les doigts dans ses cheveux et les débarrassa des épingles qui les retenaient en chignon. Sans cesser de l'embrasser, il glissa les mains sous sa robe et arracha sa culotte d'un coup sec. Il baissa son pantalon, puis il remonta la robe d'Alyse sur ses hanches. En même temps qu'elle nouait les jambes autour de sa taille, il la pénétra d'un coup de reins puissant. Le visage enfoui dans son cou, il se perdit en elle, et ils s'abandonnèrent au tourbillon de passion qui les emportait.

Encore vibrant de l'extase qui les avait secoués, il entraîna une Alyse alanguie dans sa chambre. Il lui enleva sa robe, se débarrassa de ses vêtements et s'allongea en silence avec elle sur le lit, où il la tint étroitement serrée entre ses bras jusqu'à ce qu'ils s'endorment.

Lorsque Leo se réveilla, la chambre était toujours plongée dans l'obscurité. Un coup d'œil au réveil lui indiqua qu'il restait environ une heure avant le lever du jour. Pleinement éveillé, il se leva avec précaution et laissa Alyse endormie dans le lit.

Dans le salon, il alluma son ordinateur portable, décidé à travailler quelques heures avant le réveil de sa femme. Ils avaient des obligations officielles toute la journée, puis ils prenaient l'avion dans la soirée pour Paris, où ils assisteraient à une autre réception. Et le lendemain, nouvelle journée d'obligations officielles et de faux-semblants.

Avec un soupir, il chassa cette pensée de son esprit. Mieux valait se concentrer sur son travail. Il se connecta à internet et se figea devant le gros titre affiché à l'écran : « L'amant secret de Cendrillon raconte tout. »

Il cliqua sur l'article et en parcourut le premier paragraphe.

L'histoire du prince Leo et de son épouse est un véritable conte de fées. Du moins en apparence. Matthew Cray, qui a étudié à l'université de Durham avec Alyse Barras, dévoile sa liaison clandestine avec la princesse…

Bon sang ! Hébété, Leo se dit que la mascarade était terminée. Le monde entier allait savoir que leur mariage était factice. Comme toutes les relations qu'il avait jamais eues… Il se renversa dans son fauteuil, trop assommé pour être furieux. Cet article allait avoir des conséquences désastreuses et il fallait de toute urgence prendre des mesures pour limiter les dégâts.

Mais il n'y avait pas que l'aspect pratique du problème. Il se sentait trahi, profondément blessé. Ce qui était à la fois stupide et injuste. Il avait pardonné à Alyse et c'était une vieille histoire. Et de toute façon, il n'avait aucune raison d'être jaloux. Absolument aucune.

Jurant à mi-voix, il se rendit sur un autre site d'information pour prendre la mesure de l'ampleur du scandale.

11.

Debout sur le seuil du salon, Alyse observait son mari avec perplexité. Pourquoi fixait-il l'écran de son ordinateur d'un air aussi consterné ?

— Leo ?

Il leva la tête et son visage se ferma.

— Ah, tu es réveillée…

— Je me demandais où tu étais passé.

— Je n'arrivais pas à dormir, alors j'ai décidé de travailler un peu.

Alyse s'approcha de lui. Malgré son air impassible, sa tension était palpable.

— Que s'est-il passé ?

— Rien.

— Qu'est-ce que tu regardais ?

— Je… je travaillais, je te l'ai dit.

Il passa la main dans ses cheveux.

— Bon, après tout, il vaut mieux que tu saches ce qui nous arrive, soupira-t-il. Nous devrons au moins nous y mettre à deux pour tenter de limiter les dégâts.

Elle fut envahie par un grand froid.

— « Limiter les dégâts » ?

Avec un nouveau soupir, il cliqua sur un lien et lui montra l'écran. Le sang d'Alyse se figea dans ses veines.

— Oh non… Mon Dieu, comment a-t-il pu ?

— J'imagine qu'on lui a offert beaucoup d'argent.

— Mais ça remonte à des années !

Prise de nausée, elle s'interrompit. Elle ne distinguait

que des bribes de l'article : « passion en état d'ivresse », « la mascarade du mariage ». Oh seigneur ! Elle se pencha en avant.

Selon Matthew Cray, la grande histoire d'amour entre Alyse Barras et le prince Leonardo de Maldinia n'est qu'un leurre destiné à enrayer la baisse de popularité de la monarchie maldinienne.

Elle ferma les yeux, la respiration coupée. Ils savaient. Le monde entier connaissait la vérité. Elle recula d'un pas, un poing pressé contre ses lèvres. Leo ferma son ordinateur portable.

— Je suis désolée, murmura-t-elle d'une voix blanche.

Il haussa les épaules.

— C'est de l'histoire ancienne. Tu n'as aucune raison de t'excuser.

— Mais si je n'avais pas…

— Nous ferons face, la coupa-t-il. Tu devrais t'habiller. Nous allons être obligés de rentrer à Maldinia ce matin pour mettre au point la meilleure stratégie avec le service communication.

Alyse fut assaillie par une bouffée d'angoisse au souvenir des paroles de la reine Sophia. Le pire était arrivé. D'atout pour le royaume, elle s'était transformée en handicap. Et comme Leo n'était pas réellement attaché à elle, pourquoi voudrait-il qu'ils restent mariés ?

Elle alla prendre sa douche et s'habiller, au comble du désespoir. Les médias allaient se déchaîner. Combien d'autres étudiants seraient tentés de faire des révélations sur sa vie universitaire ? Elle n'avait fait qu'un seul faux pas, mais il ne fallait pas se faire d'illusions : certains journaux étaient prêts à tout pour décrocher un scoop, quitte à l'inventer. Et ils avaient les moyens de trouver des soi-disant témoins trop heureux de l'aubaine. Elle risquait d'être dépeinte comme une intrigante sans scrupule qui couchait avec tous les hommes qu'elle croisait… Et Leo ? Il allait passer pour l'amant trahi, le prince berné. Quelle humiliation pour lui ! Fermant les yeux, elle refoula ses larmes.

Lorsqu'elle sortit de la salle de bains, plusieurs stylistes l'attendaient, la mine sombre. Elles commencèrent à lui expliquer la stratégie à adopter, avant même qu'elle ait enlevé la serviette dans laquelle elle avait enveloppé ses cheveux mouillés :

— Aujourd'hui vous devez demeurer sur la réserve sans pour autant donner l'impression d'avoir quelque chose à cacher.

— Je n'ai rien à cacher !

Les stylistes ignorèrent sa remarque.

— Maquillage discret, chignon souple, une perle à chaque oreille…

Elle les laissa s'affairer autour d'elle, l'esprit embrumé, de plus en plus paralysée par l'angoisse.

Vêtu d'un costume anthracite, Leo discutait au téléphone d'une voix tendue, lorsqu'elle le rejoignit dans le salon. Elle se mordilla nerveusement la lèvre. Jusque-là, ses apparitions publiques ne lui avaient pas posé de problèmes particuliers, en partie parce qu'elle avait la faveur du public et des médias. Mais aujourd'hui…

Un peu plus tôt, pendant que les stylistes préparaient sa tenue, Alyse avait allumé la télévision. L'interview de Matthew était commentée sur toutes les chaînes, comme s'il n'y avait rien de plus important au monde. Ridicule ! Les journalistes avaient déniché une photo d'eux se rendant ensemble à un cours. La main posée sur le bras de son camarade, elle riait aux éclats. Un cliché innocent, mais qui pouvait donner lieu à toutes les conjectures. Elle n'avait pas dû faire ce trajet en sa compagnie plus de deux ou trois fois et elle ne gardait aucun souvenir de ce moment précis. Matthew et elle n'avaient même jamais été de très bons amis ! Mais qui le croirait, à présent ? Les médias insinuaient qu'elle avait eu avec lui une longue liaison clandestine…

Tandis que Leo poursuivait sa conversation téléphonique, dans un italien trop rapide pour qu'elle puisse le comprendre, elle lissa sa robe de soie bleu pâle à col montant, très sage. Lorsqu'il finit par raccrocher, il se tourna vers elle.

— Choix judicieux, commenta-t-il en indiquant la robe. Le jet nous attend.

— Qu'allons-nous faire ?

— Nous rentrons directement à Maldinia. J'ai envisagé de respecter le programme prévu et d'honorer la tête haute nos engagements à Paris et à Rome, mais je ne pense pas que ce soit le plus indiqué.

— Ah bon ?

— Non. Le mieux est de prendre le taureau par les cornes. Reconnaître les faits et préciser que je t'ai pardonné. Insister sur le fait que c'est de l'histoire ancienne.

— Comment ?

— J'ai prévu une interview télévisée.

L'angoisse d'Alyse décupla. Elle avait déjà répondu à des interviews pour la presse écrite, mais elle n'était jamais passée à la télévision.

— Je…

— Je t'expliquerai tout ça dans l'avion, l'interrompit-il. Il faut y aller.

Devant l'hôtel, le trottoir grouillait de paparazzis. Alyse baissa la tête, aveuglée par les flashes et meurtrie par les questions qui fusaient de toutes parts.

— Avez-vous jamais aimé Leo, Alyse ?

— Combien de temps a duré votre liaison avec Matthew Cray ?

— Avez-vous eu d'autres amants ?

— La mascarade du mariage, était-ce pour l'argent ou pour la gloire ?

— Avez-vous une conscience, Alyse ? Des valeurs morales ?

Heureusement, Leo et leurs gardes du corps la conduisirent jusqu'à la limousine, l'empêchant de craquer ou de chanceler.

— C'est horrible, laissa-t-elle échapper dès que les portières furent refermées.

— Ça ne va pas s'arranger.

— Je sais.

Elle prit une profonde inspiration.

— Leo, je suis vraiment consternée. Tout ça est ma faute. Pardonne-moi.

— Autant que je puisse en juger, le fautif s'appelle Matthew Cray.

— Mais si je n'avais pas…

— Alyse, tu peux culpabiliser tant que tu veux sur ce qui s'est passé il y a des années, cela ne changera rien à la situation actuelle. C'est donc parfaitement inutile. Et je ne veux pas que tu continues. Je sais que tu regrettes.

— Mais… est-ce que tu me pardonnes ?

— Il n'y a rien à pardonner.

Au lieu d'être réconfortée par ces paroles, le ton neutre et le visage fermé de son mari l'accablèrent. Il était redevenu un bloc de glace. Comment retrouver l'homme dont elle avait commencé à tomber vraiment amoureuse ? Peut-être n'existait-il plus. Peut-être n'avait-il jamais existé…

Au comble de la détresse, elle renversa la tête en arrière et ferma les yeux.

Devant le teint pâle, les traits tirés et les yeux fermés de sa femme, Leo éprouva de la compassion. Après avoir été adulée par les médias pendant six ans, la chute devait être particulièrement douloureuse. Mais peut-être Alyse était-elle comme lui et se moquait-elle de ce que racontait la presse. Et si c'était seulement le remords qui la tourmentait ? Il se dit qu'il aurait dû tenter de la réconforter avec plus de conviction, la prendre dans ses bras, lui dire de ne pas s'inquiéter. Lui assurer qu'ils surmonteraient cette épreuve ensemble. Que tout ça n'avait aucune importance. Il ne l'avait pas fait. Il venait seulement d'y penser, alors que c'était trop tard. Il ne savait pas faire ce genre de choses.

« Je ne sais pas ce que je suis capable de t'offrir. » Non, en effet, il n'en avait aucune idée…

Alyse ouvrit les yeux.

— Parle-moi de cette interview télévisée.

— C'est Larissa Pozzi qui la mènera.

Elle pâlit encore un peu plus.

— Mais elle est…

— Diffusée sur la plus grande chaîne. Nous avons besoin de toucher une large audience.

Elle secoua la tête sans rien dire, mais Leo devinait ses pensées : Larissa avait le goût du scandale et du mélodrame. Sans doute pour cette raison, son émission battait systématiquement des records d'audience. Y apparaître était le moyen le plus sûr et le plus rapide de toucher un vaste public.

— Et que sommes-nous censés dire ?

— Nous nous étions querellés et tu as commis une erreur que tu regrettes encore aujourd'hui. Tu me l'as avouée tout de suite et je t'ai pardonné, récita-t-il d'un ton monocorde.

Encore une fable élaborée en accord avec le service communication de la monarchie… Leo ne supportait plus tous ces mensonges. Il ne savait même pas comment il allait trouver la force de mentir en direct à la télé.

Livide, Alyse détourna les yeux.

— Je vois…

Visiblement, son mari n'avait pas tout à fait renoncé à jouer la comédie.

L'angoisse d'Alyse monta encore d'un cran lorsqu'ils descendirent du jet pour monter dans la limousine garée sur le tarmac. Ils devaient se rendre directement au palais pour un point de presse avant l'interview, qui serait filmée dans l'un des appartements privés. La reine, qui les attendait dans le hall, les entraîna aussitôt dans un petit salon.

Hautaine, glaciale, elle foudroya Alyse du regard.

— C'est un désastre. Un véritable désastre.

— Tout est sous contrôle, intervint Leo d'un ton crispé.

— Tu en es sûr ? Les gens croiront ce qu'ils auront envie de croire.

— Ils ont toujours eu envie de croire Alyse. Ils l'aiment depuis le début.

— Et il ne leur faudra pas plus de quelques minutes pour se mettre à la haïr. L'opinion publique est sujette à tous les revirements. Elle est versatile de nature.

— Dans ce cas, je me demande pourquoi nous l'avons courtisée à ce point pendant des années, rétorqua Leo. Ah si, je me souviens, à présent : père et toi aviez besoin d'Alyse pour réparer les dégâts causés à la monarchie par votre égoïsme forcené.

Les yeux de la reine lancèrent des étincelles.

— Comment oses-tu… ?

— J'ose parce que vous nous avez utilisés, d'abord moi puis Alyse, pour réparer vos erreurs. Je ne te laisserai pas nous accuser de tous les maux. Nous allons régler ce problème. Il est inutile que tu t'en mêles.

— Et que feras-tu quand tout le monde se retournera contre elle, Leo ? demanda Sophia d'un ton perfide.

Le sang d'Alyse se glaça dans ses veines. Quand elle ne serait plus d'aucune utilité à la monarchie…

— Nous aviserons le moment venu, s'il se présente.

Sur ces mots, Leo se détourna de sa mère.

— Je vous envoie Paula, lança cette dernière, avant de quitter la pièce en claquant la porte.

— Merci de m'avoir défendue, déclara Alyse. Même si je ne le mérite pas.

— Tu le mérites. Arrête de faire ton *mea culpa*.

— Je suis désolée.

— Tu vois, tu continues.

Elle eut un pâle sourire.

— L'habitude, sans doute.

— Je ne suis pas en colère, dit Leo après un silence. Du moins, pas contre toi. J'ai bien une dent contre les paparazzis, mais je ne peux pas vraiment leur en vouloir non plus. Ils font juste leur travail. Et après tout, nous entretenons la fièvre médiatique depuis des années.

— Et tu en as assez.

— Oui.

Leo resta un moment silencieux, sourcils froncés, le regard fixé sur le parc derrière la fenêtre. Alyse l'observa avec appréhension. Il semblait en proie à un conflit intérieur, et sur le point de dire quelque chose.

— Alyse…

Au même instant, la directrice de communication fit son entrée dans le salon d'un pas vif, une liasse de documents à la main.

— Nous allons récapituler ce que vous allez dire.

— Inutile, objecta Leo. Je sais ce que je vais dire.

Paula parut offensée.

— Mais je suis censée vous brief…

— Considérez-nous comme briefés, coupa Leo. Nous sommes prêts.

Alyse fut assaillie par une bouffée d'anxiété. Elle n'était pas prête du tout, et les conseils de Paula seraient les bienvenus.

— Qu'allons-nous dire ? murmura-t-elle à Leo, tandis qu'ils se dirigeaient vers l'appartement privé où l'interview devait avoir lieu. J'aurais bien besoin…

— Laisse-moi faire.

— Mais…

— Entrons, dit-il en ouvrant la porte du salon. On nous attend.

Les caméras et les projecteurs étaient en place. Alyse se mouvait dans une sorte de brouillard. Elle serra d'un geste mécanique la main manucurée que lui tendait Larissa Pozzi.

— Nous faisons cela pour vous, affirma celle-ci d'un ton exagérément compatissant. Le monde veut connaître votre version de l'histoire.

Alyse avait une boule dans la gorge. Sa version ? Elle avait l'impression très désagréable que c'était son procès qui était sur le point de commencer…

Une fois que Leo et elle eurent pris place sur le canapé face à Larissa et aux caméras, des assistants les maquillèrent et les coiffèrent. Lorsqu'ils furent prêts, la journaliste se redressa sur son siège et annonça :

— Nous allons commencer.

Derrière eux, une voix compta :

— Trois, deux, un…

— Prince Leo, c'est un immense plaisir pour nous de vous recevoir dans cette émission, commença Larissa.

Alyse sentit son sourire se muer en rictus et des gouttes de sueur perler sur son front sous l'éclat impitoyable des projecteurs.

— … Et bien sûr, tout le monde est impatient de vous entendre, vous et votre épouse, au sujet des récentes révélations concernant votre mariage.

— Eh bien, c'est très simple, Larissa, répliqua Leo d'un ton affable. Notre mariage est un mariage arrangé.

Alyse tressaillit et s'efforça de masquer sa panique. Que lui prenait-il ?

— Un mariage arrangé ? s'exclama Larissa d'un ton théâtral. Non ! Pas le prince et sa cendrillon !

Leo eut un large sourire.

— Dans les familles royales c'est souvent le cas.

— Mais vous avez l'image d'un couple éperdument amoureux…

— C'est la réalité. Je suis tombé amoureux de ma femme. Il a fallu du temps pour que ce sentiment se développe, mais il a germé, il a grandi et aujourd'hui, il a atteint sa plénitude. N'est-ce pas l'essentiel ? Ce qui s'est passé autrefois, quelle importance ? Tout ce qui compte, c'est qu'au moment où nous vous parlons, Alyse et moi nous nous aimons.

Leo se tourna vers elle et il lui adressa un sourire plein de tendresse qui la bouleversa. Elle devait lutter de toutes ses forces pour ne pas le dévisager avec des yeux ronds. Heureusement, il semblait avoir la situation bien en main.

Larissa se tourna vers elle et suggéra d'un ton mielleux :

— Si nous parlions de Matthew Cray, à présent ?

— Oh ! ça n'a aucun intérêt, intervint Leo d'un ton posé. Cette aventure sans lendemain appartient au passé. Comme je l'ai déjà dit, ce qui compte c'est le présent… et l'avenir.

Il sourit de nouveau à Alyse. Au comble de la confusion, elle n'entendit rien du reste de l'interview. Trop de questions tourbillonnaient dans son esprit. Par bonheur, et à son grand soulagement, Leo parlait pour deux. Que lui avait-il pris de révéler la vraie nature de leur mariage ? Et pourquoi avait-il dit qu'il était tombé amoureux de sa femme ? C'était la dernière chose à laquelle elle s'attendait ! Se pourrait-il que… ? Non, c'était sûrement un mensonge de plus pour séduire le public. Et pourtant, son sourire tendre semblait si sincère…

Lorsque ce fut enfin terminé, il l'entraîna hors de la pièce.

— Avec un peu de chance, ça a marché, murmura-t-il à son oreille.

Son cœur se serra douloureusement. Pas de doute, il ne pensait pas un mot de ce qu'il avait dit. Il avait juste cherché à manipuler le public. Au prix d'un effort surhumain, elle parvint à esquisser un sourire.

— Prince Leo ! Votre Altesse !

Un des conseillers du roi Alessandro se dirigeait vers eux à grands pas.

— Votre père demande que vous le rejoigniez dans son bureau privé immédiatement.

— Que se passe-t-il ?

Visiblement embarrassé, le conseiller répondit :
— Le prince Alessandro vient d'arriver au palais.
Alyse vit le sang se retirer du visage de Leo. Le prince Alessandro… Son frère…
— J'arrive, répondit-il.
Puis il s'éloigna sans un regard pour elle.

12.

Sandro était là. Il était rentré. Après quinze ans d'absence, quinze ans de silence, le fils prodigue était de retour…

Leo ne parvenait pas à démêler l'écheveau des sentiments qui lui nouaient l'estomac. Peur, colère, confusion, incrédulité… Et aussi, oui, amour et joie.

Trop. Beaucoup trop.

Il n'en pouvait plus. Après s'être astreint pendant des années à ne rien ressentir, à fuir tout ce qui risquait de le faire souffrir, il était englouti par un torrent d'émotions. Comme pendant cette interview.

« Je suis tombé amoureux de ma femme. » Les mots avaient jailli de sa bouche — de son cœur — sans qu'il puisse les retenir. C'était insensé !

Et maintenant, Sandro…

— Leo !

Alyse l'avait suivi.

— Pourquoi ton frère est-il revenu ?

Il se tourna vers elle, interdit.

— Tu connais l'existence de Sandro ?

— C'est ta mère qui m'en a parlé il y a quelques jours.

— Nous discuterons de cela plus tard. Mon père m'attend.

Elle hésita, puis hocha la tête.

— D'accord, murmura-t-elle avant de s'éloigner.

Leo frappa un coup et ouvrit la porte du bureau privé de son père, pièce sacrée entre toutes. Il franchit le seuil et regarda son aîné. Sandro. Le seul être au monde qu'il avait considéré comme un véritable ami. Le seul qui le comprenait, qui l'acceptait. Qui l'aimait.

Son frère n'avait pas changé et en même temps, il avait vieilli. Quelques cheveux gris, qui faisaient écho à ses prunelles argentées, parsemaient son épaisse chevelure noire. Il était plus grand et plus mince que lui et possédait un charme irrésistible. Le même qu'à vingt et un ans, la dernière fois qu'ils s'étaient vus.

« Ne pars pas, Sandro. Ne me laisse pas seul ! S'il te plaît ! » Malgré ses supplications, il était parti.

— Leo, lâcha son aîné en hochant brièvement la tête, le visage impénétrable.

Il en fit autant. Chaleureuses, les retrouvailles…

— C'est moi qui ai demandé à ton frère de rentrer à Maldinia, annonça le roi.

Leo s'éclaircit la voix.

— Ça fait longtemps, Sandro.

— Quinze ans, répondit celui-ci en l'examinant attentivement. Tu parais en forme.

— Toi aussi.

Puis ils se turent. Deux frères qui, malgré leurs six ans d'écart, étaient autrefois inséparables. Solidaires dans leur détermination à ignorer les violentes querelles de leurs parents comme leurs mises en scène grotesques destinées à donner l'image d'une famille unie. Plus tard, ils avaient fréquenté la même pension et Sandro était devenu son héros. Un « grand », champion de cricket et élève brillant. Toujours patient et affectueux avec son cadet, plus timide que lui.

Jusqu'à ce qu'il décide de tout quitter. Y compris lui… Leo réprima une moue de dérision. C'était du passé. Il avait peut-être vénéré son frère autrefois, mais ce n'était plus le cas depuis longtemps.

— Alessandro a accepté de reprendre la place qui lui revient, déclara leur père.

Leo se tourna lentement vers ce dernier.

— La place qui lui revient… Tu veux dire… ?

— Quand je ne serai plus là, c'est lui qui me succédera sur le trône.

Leo resta imperturbable. Pourtant, il venait de recevoir un coup de massue. En une phrase, son père venait de le priver de son héritage, de sa raison de vivre. Depuis quinze ans, il s'escrimait à prouver qu'il était à la hauteur. Il avait tout sacrifié à son devoir, se préparant jour après jour à devenir le prochain monarque de Maldinia.

Et sans prévenir, sur un coup de tête, son père réduisait son avenir à néant. Il se tourna vers Sandro, qui lui adressa un sourire crispé.

— Tu es libre, Leo.

— En effet.

Sandro ne pouvait pas voir les choses autrement qu'en terme de liberté. Il n'avait jamais voulu devenir roi. Il méprisait l'apparat et l'hypocrisie liés à la monarchie. Les recherches de Leo sur internet lui avaient appris que son frère avait construit sa vie en Californie, où il avait créé une société d'informatique très prospère. Et aujourd'hui, celui-ci laissait tout tomber pour rentrer et lui prendre sa place ?

Leo retint un rire amer. Il allait se retrouver sans rien. « Pas même une épouse », songea-t-il soudain avec un pincement au cœur. Car son mariage avec Alyse n'avait plus aucune raison d'être — une semaine de fragile complicité ne justifiait pas un engagement à vie. Elle allait vouloir reprendre sa liberté. Et lui aussi, n'est-ce pas…

Il reporta son attention sur son père, qui ne cachait pas sa satisfaction.

— Qu'est-ce qui a motivé cette décision ? demanda-t-il d'un ton aussi neutre que possible.

— J'ai toujours voulu qu'Alessandro me succède. C'est son droit d'aînesse. Tu le sais.

Leo secoua lentement la tête. Comment pourrait-il l'ignorer ? Il avait toujours su qu'il n'était qu'un pis-aller.

Il avait juste commis l'erreur de penser qu'au cours des quinze dernières années, il avait largement fait ses preuves et que son statut de cadet n'était plus un handicap.

— Et après ce scandale…, reprit leur père. Dire que ce mariage avait pour but de donner une bonne image de la couronne !

Le roi eut une moue méprisante avant de poursuivre :

— Tout le travail que nous avons accompli a été détruit à cause d'une erreur stupide, Leo.

« Le travail que nous avons accompli ? » Leo faillit exploser. Tout le travail, ses conseillers et lui qui l'accomplissaient. Son père se contentait de faire de la figuration sur le trône…

— Le retour d'Alessandro permettra de rétablir la réputation et le prestige de la monarchie, poursuivit le roi d'un ton sentencieux. Et de faire oublier le fiasco de ton mariage avec Alyse.

Le fiasco de son mariage… « Je suis tombé amoureux de ma femme. » Soudain, dans une illumination, Leo comprit que le trône lui importait moins que son mariage. Mais Alyse était-elle amoureuse de lui ? Elle avait réussi à s'en persuader autrefois, et elle était capable de recommencer. Mais une fois de plus, ce ne serait qu'une illusion. Qui ne durerait pas. Comme tout le reste dans sa vie…

— La séance est close, déclara le roi. Alessandro a accepté de reprendre sa place. Il va revenir vivre à Maldinia et assumer ses responsabilités.

Sur ces mots, il quitta la pièce.

— Il n'a pas changé, commenta Sandro après un silence. Rien n'a vraiment changé, ici.

« Tout a changé. Mon avenir vient d'être balayé d'un revers de la main. » Leo ravala sa colère. A quoi bon s'énerver ? Il ne serait jamais roi. Il ne serait bientôt plus marié. Et alors ? Son frère n'était pas responsable.

— Sans doute, laissa-t-il tomber du bout des lèvres.

— J'aurai besoin de toi si tu es partant. Tu peux choisir le poste que tu veux. Chef de cabinet ?

Sandro sourit et pour la première fois, Leo retrouva la chaleur de son regard.

— Tu m'as manqué, avoua son frère.

« Pas assez pour me rendre visite ni même m'écrire. » Leo se mordit la lèvre. Lui non plus n'avait jamais écrit. Au début, on le lui avait interdit ; par la suite, il avait décidé que c'était inutile, une perte de temps. Submergé par la nostalgie de tout ce qu'il avait perdu, il détourna le visage.

— Heureux de te revoir, Sandro, dit-il quand il fut capable de parler d'une voix assurée.

Puis il quitta la pièce.

En proie à une vive anxiété, Alyse arpentait le salon de l'appartement qui leur avait été attribué, à Leo et elle, dans une aile du palais. Ses doutes concernant l'interview et les propos de Leo avaient été remplacés par une nouvelle question, tout aussi angoissante : quelles seraient les conséquences du retour de Sandro sur leur avenir ?

La porte s'ouvrit. Elle pivota sur elle-même, l'estomac noué. Leo lui délivra un sourire crispé.

— Il semble que nous soyons libres tous les deux.

— Libres ? s'exclama-t-elle. Que veux-tu dire ? Pourquoi Sandro est-il revenu ?

— C'est mon père qui l'a convoqué.

— Pourquoi avait-il quitté Maldinia ?

— Il détestait tout ce qui était lié à la monarchie. Il a fait des études et quand il a obtenu son diplôme, il a choisi de vivre libre aux Etats-Unis.

— Pourquoi n'aviez-vous aucun contact ?

— Mes parents l'interdisaient. On ne tourne pas le dos à son pays quand on a été élevé pour devenir roi.

— Et c'est lorsqu'il est parti que tu es devenu l'héritier du trône.

— Oui, acquiesça Leo d'un ton morne.

— Qu'y a-t-il ? Tu es bizarre.

— Je ne suis pas bizarre. Mais comme je te l'ai dit, nous sommes maintenant libres tous les deux.

— Je ne comprends pas…

— C'est pourtant évident. Etant donné que je ne suis plus l'héritier de la couronne, notre mariage n'a plus de raison d'être.

Alyse se figea, glacée jusqu'au fond de l'âme.

— Plus de raison d'être… ? Tu… tu envisages un divorce ?

Leo ne répondit pas et le silence s'étira entre eux, insupportable.

— C'est la solution la plus raisonnable, finit-il par répondre.

« Je suis tombé amoureux de ma femme. » Au souvenir de ces paroles, Alyse chancela. Elle prit une profonde inspiration. Ce n'était pas le moment de pleurer. Il fallait se battre. C'était peut-être ridicule, mais elle voulait encore y croire. Elle plongea son regard dans celui de Leo.

— Tu te souviens m'avoir dit que tu étais fatigué de jouer la comédie ?

— Oui, acquiesça-t-il après une hésitation.

— J'aimerais que tu me dises… Tout à l'heure, pendant l'interview, tu jouais la comédie ?

Il baissa les yeux.

— Leo, s'il te plaît, j'ai besoin de savoir la vérité.

Il soupira.

— Je suppose que nous pensons à la même phrase. Non, je ne jouais pas la comédie. Je n'avais pas prévu de prononcer ces mots. Ils ont jailli de ma bouche sans que je puisse les retenir. Comme si une force invisible m'avait poussé à avouer mes sentiments. A toi, mais aussi au monde entier. Oui, c'est vrai. Je suis tombé amoureux de ma femme.

Alyse crut que son cœur allait exploser dans sa poitrine. Elle avait envie de crier, de chanter, de se jeter au cou de Leo.

— Je peux te faire un aveu à mon tour ?

Leo plissa le front.

— Je t'écoute.

— Je suis tombée amoureuse de mon mari. Pas le prince charmant qui m'a fait la bise le jour de mes dix-huit ans, mais bien l'homme avec qui j'ai partagé ces derniers jours des moments inoubliables. Un homme que je commence à connaître un tout petit peu et que j'ai envie de connaître un peu plus chaque jour. Avec qui je veux rester mariée.

Alyse fit une pause pour reprendre son souffle et rassembler son courage.

— Es-tu d'accord pour que nous restions mari et femme, Leo ?

— Oui, répondit-il d'une voix ferme. Je ne peux pas te promettre d'être un mari idéal, mais j'ai très envie d'essayer.

Refermant les bras sur elle, il s'empara alors de sa bouche dans un baiser fervent.

Si vous avez aimé ce roman
ne manquez pas la suite dans votre collection Azur :
Une si troublante union, juin 2015